STS

日本語從2266，到連溜1分鐘！

吉松由美、田中陽子、西村惠子、林勝田、山田社日檢題庫小組 ◎合著

自問自答法

+4個口語技巧演練大公開

不用出國，自問自答也能練出溜日語！

隨看隨聽

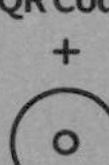

QR Code + MP3

前言 まえがき Preface

有一肚子的日語想說，卻說不出口。
要不然就是一開口，卻說不了幾句。
自問自答法＋ 4 大口語技巧演練，
給一說出口就弱掉的您，口語全新進化！
不用出國，也能練出溜日語，一口氣說很長！

與日本人說話，總是腦袋一片空白。
讀到廢寢忘食，日語還是只能說「隻字片語」。
讀了萬卷書，卻沒辦法和超市的店員說上半句話。
辛苦考過了日檢，日本人卻還是和我說英文。

不要再紙上談兵，也不要認為自己是內向、害羞。讓本書帶領您進入溜日語情境，
從詞組地圖、句型、實際對話到自問自答練習，讓您有辦法好好說日語，話題說不完，連溜 1 分鐘。
搭配 N3 程度的文法和詞彙，讓原本的基礎添加新的元素與色彩，滿足您應考和應用的需求。

本書精華

- ▲ **開啟話題的詞組地圖，啟發聯想，告訴您可以如何尋找話題。**
- ▲ **九宮格學常用句型，一次學會 16 句實用例句，為對話建立架構。**
- ▲ **實際聆聽會話，跟讀培養道地的漂亮發音，從模仿中學習。**
- ▲ **再配合 4 種不同技巧訓練、情境演練，大量活用練習：**
  - ◎ 練習一、替換詞組說說看，舉一反三、高效學習。
  - ◎ 練習二、句子合併串聯＋問答練習，學會用通順語句，完整表達。
  - ◎ 練習三、即時應答，了解日語中的曖昧應答和文化，前進日檢。
  - ◎ 練習四、自問自答練習，引導讀者從語順、提問、串聯語句到可以連講一段長文。

「會話」對日語學習者來說一直是道難以跨越的瓶頸。

瓶頸 1 好像學過、也聽得懂，卻無法說出正確的回應。
瓶頸 2 讀了那麼多書，卻考過就忘，根本不會用。
瓶頸 3 不知道該聊什麼，一問一答好尷尬。

就讓本書成為您的練習夥伴，為您理清盲點，突破障礙，給您全新的表達面貌。讓您不出國一個人自學，也能一口氣講出一大段流利日本語！

本書特色

詞組地圖　從主題開啟話題聯想，串聯詞組記憶

如何開啟話題？是讓許多人不知所措的問題。本書依主題分類，從主題向四面八方延伸相關詞組，啟動讀者的聯想力，帶您找出源源不絕的話題。同時不用死背硬記，也能將每個主題的單字串聯記憶。

活用句型　九宮格學句型，網羅生活素材，建構對話骨架

文法句型是構成一句話最重要的元素之一，本書在聆聽對話前，幫您用 N3 程度的句型為您打好基礎。用句型九宮格網羅各種話題的豐富詞句，一個句型一次學會 16 種說法，為您擴充話題新知，讓您從早說到晚，詞彙量大躍進！學完立刻活用於會話，還能同時準備日檢。

聆聽會話　句型實際應用，跟讀養成道地口音

為您示範主題相關的雙人對話以及問答對話，並在對話中應用 N3 句型，讀者可在聆聽中抓住所學的句型和單字，加深記憶力。一邊聆聽，一邊跟著朗讀，抓住聲調的強弱起伏，讓您練就一口標準的東京腔。

實際演練　4 種口語技巧大量練習，讓您口語全新進化

口語是可以練習的技術，要讓自己口語進化，就需「有效刻意練習」。有了以上的基礎後，循序漸進用豐富的口語技巧讓您動口又動手，迅速累積會話、聽力實力！題型有：

★ 替換詞組，簡單說出完整日語

為您精選常用的會話，並藉由填空的方式，讓讀者自行填入不同詞組，舉一反三，會話就是這麼簡單。再搭配大量活潑插圖，加深情境聯想力，深入記憶！

★ 合併串聯句子＋問答練習，學習多種表達方式

用兩種練習訓練流暢表達和應答的能力。合併及串聯句子，教您活用 N3 文法來說出通順且完整的語句，提升口語表達的豐富度，不再侷限於簡單的基礎句型。問答練習訓練您主動提問和準確回答的能力，透過和自己練習對話，不出國也能無師自通，練出溜日語。

★ 即時應答，深入了解語言及文化，前進日檢

結合日檢 N3 聽力的第 4 和第 5 大題，以簡短問答的考題，測驗讀者是否能立刻給出適當的回應。考題中包含許多日本人的慣用句和曖昧說法，讓您一面熟悉日檢考題，一面深入認識日本人的說話文化。

★ 自問自答，當自己的練習對象，從短句到短文

不少讀者都有這樣的困擾，雖然能說，卻不夠完整，或是只能簡短且斷斷續續的回答。因此本書用 4 個步驟引導讀者，從句子排序、提出問題、句子合併到最後拼出完整短文，循序漸進的訓練讀者文法、閱讀、口說等多方面的技能。跟著本書一步一步學，講出流暢語句真的沒有那麼難！

本書專為 N3 程度、初學日文的讀者編排，扎實的練習讓您一次提升聽說讀寫四大能力，自學也能從中獲得道地且全面的日語會話能力！

目錄 もくじ Contents

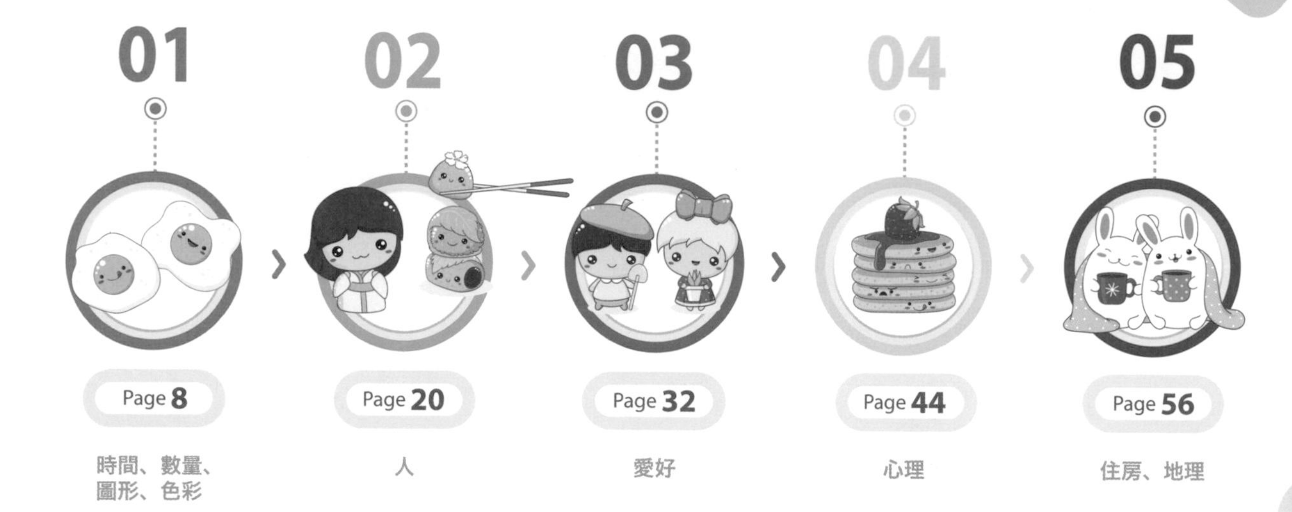

本書使用說明

頁面① | 話題聯想、詞組地圖

頁面② | 活用句型

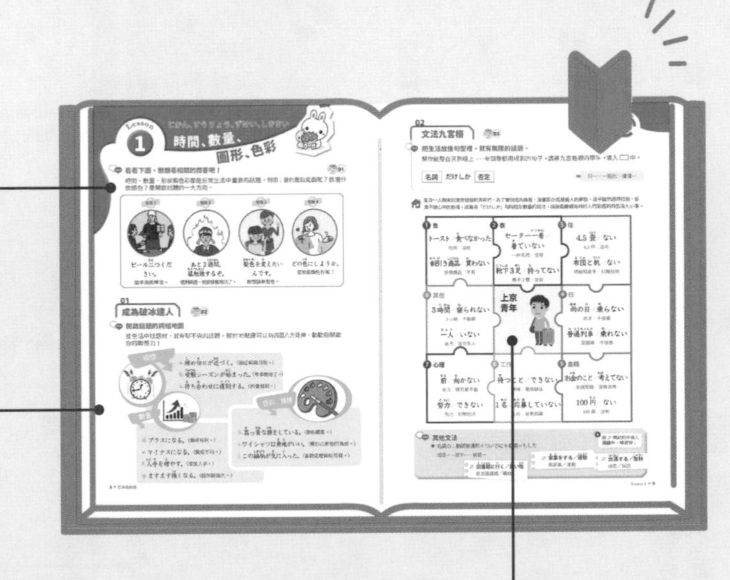

主題開啟
話題聯想

進入主題前，可以自問自答或先跟朋友、同學聊聊相關的話題！

詞組地圖
串聯詞組記憶

從主題向四面八方延伸相關詞組，啟動讀者的聯想力，帶您找出源源不絕的話題。

九宮格學句型
建構對話骨架

圍繞主題延伸出 16 種說法，將延伸的詞組套用在句型中。

頁面③④ | 長、短對話

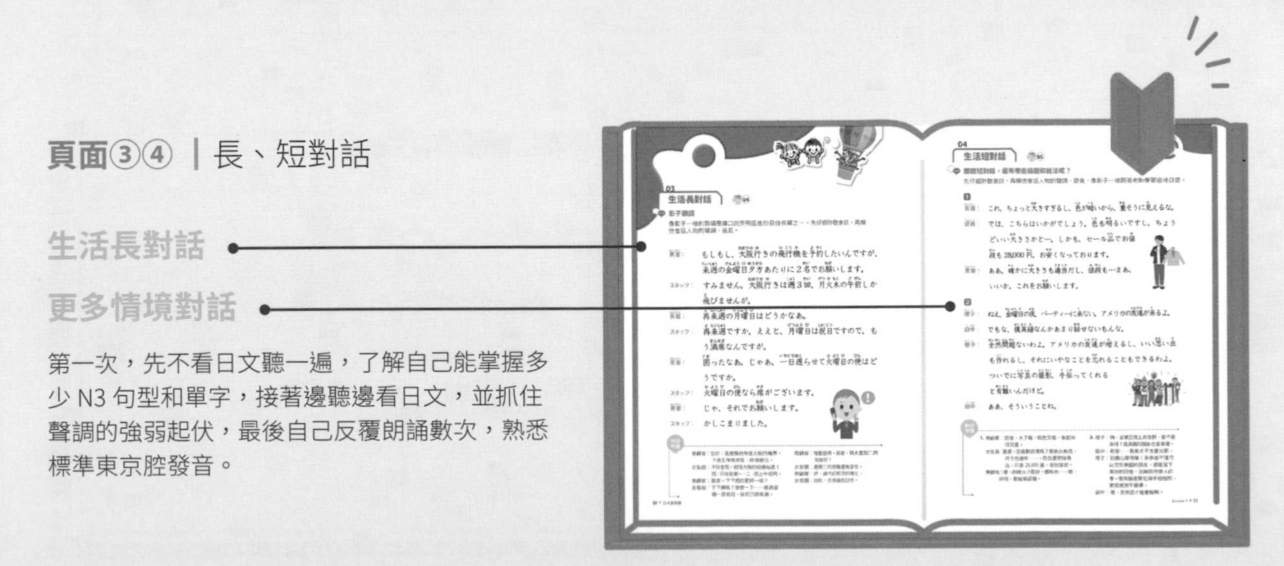

生活長對話

更多情境對話

第一次，先不看日文聽一遍，了解自己能掌握多少 N3 句型和單字，接著邊聽邊看日文，並抓住聲調的強弱起伏，最後自己反覆朗誦數次，熟悉標準東京腔發音。

頁面⑤ | 對話練習

替換詞組

自行填入不同詞組到對話中，舉一反三，讓你的談話內容更多元生動。

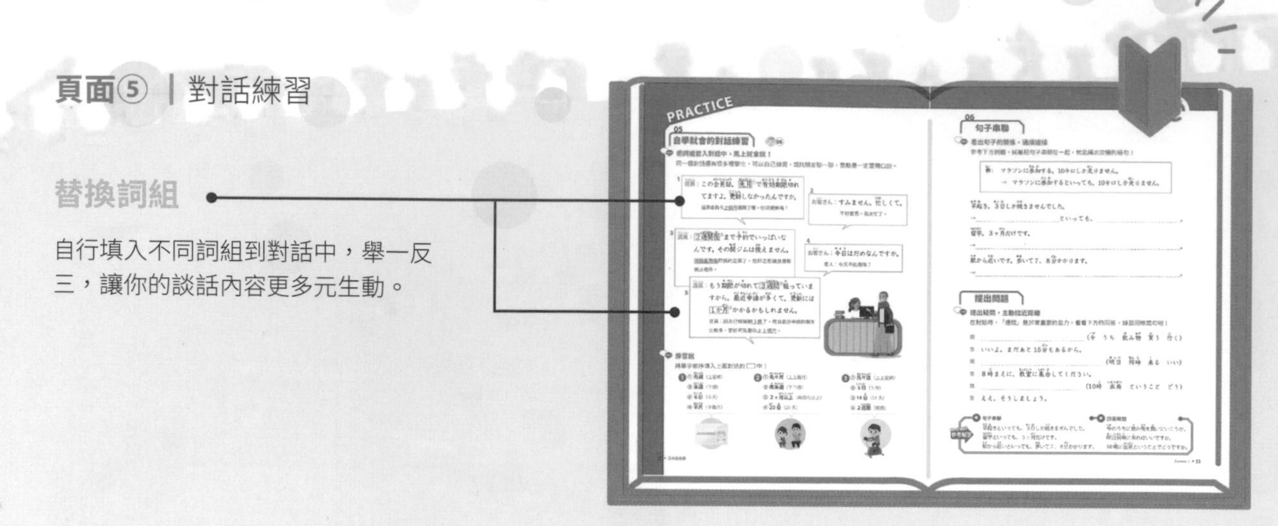

頁面⑥ | 合併句子、問答練習

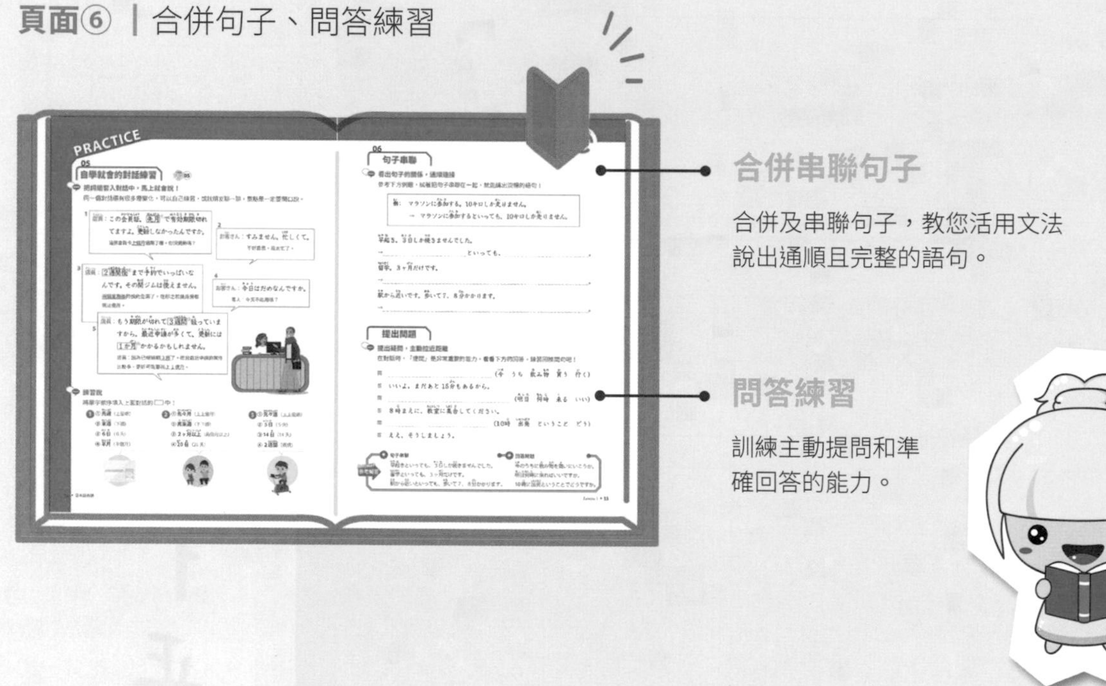

合併串聯句子

合併及串聯句子，教您活用文法說出通順且完整的語句。

問答練習

訓練主動提問和準確回答的能力。

頁面⑦ | 即時應答

即時應答 日檢進擊

日檢題型中的簡短問答考題，測驗是否能立刻給出適當的回應。

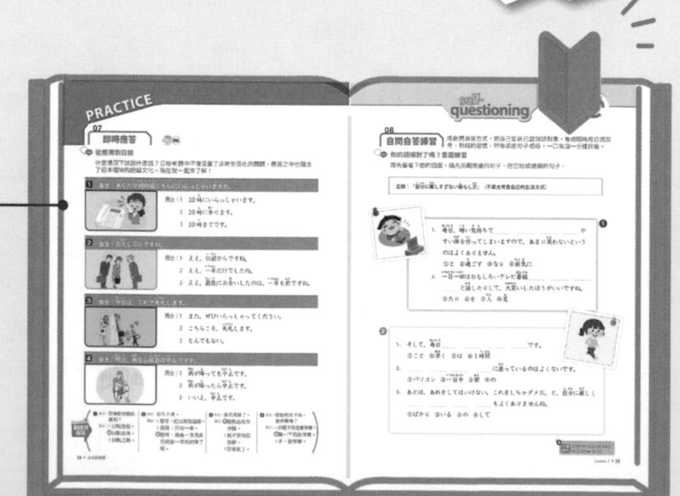

頁面⑧～⑫ ｜自問自答練習

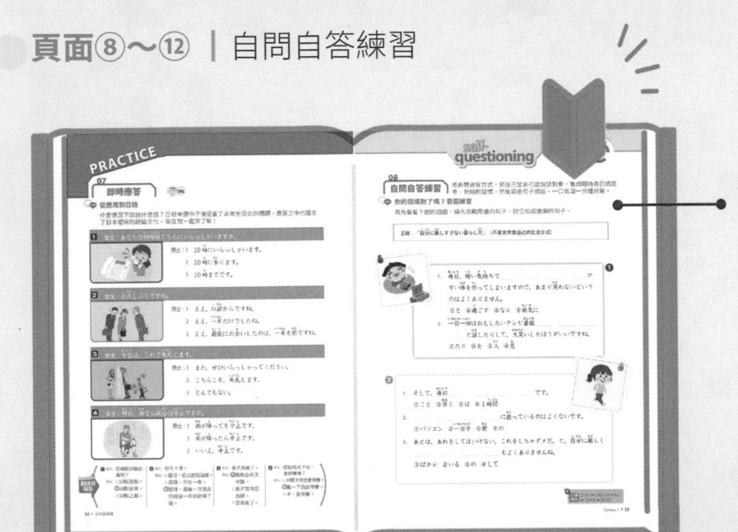

自問自答

Step1：句子排序

先看插圖，再挑戰句子，把單字填入組成通順的句子。

自問自答

Step2：提出問題

問問題是開啓、延續對話的必備能力，試著練習為每個句子提出問題吧！

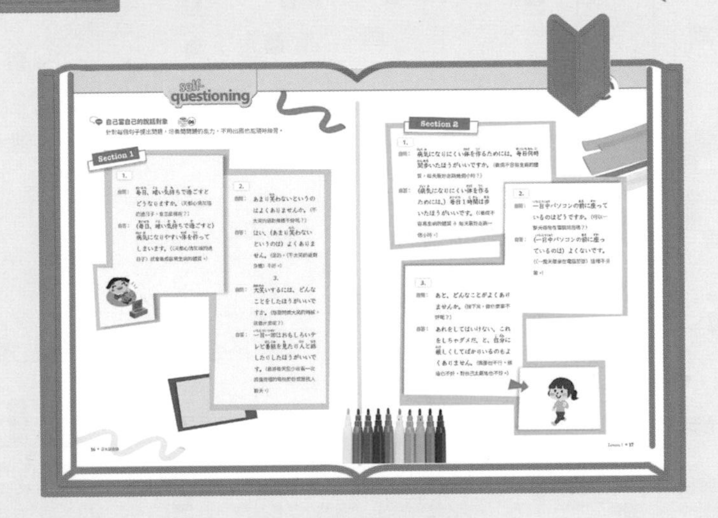

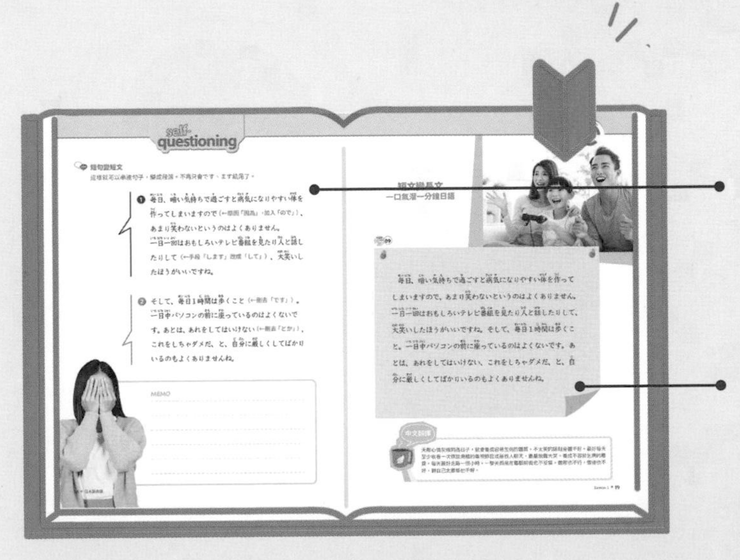

自問自答

Step3：句子合併

練習如何串聯句子，變成段落。

自問自答

Step4：拼出完整長文

短文變長文，一口氣溜一分鐘日語！

Lesson 1 じかん、すうりょう、ずけい、しきさい 時間、數量、圖形、色彩

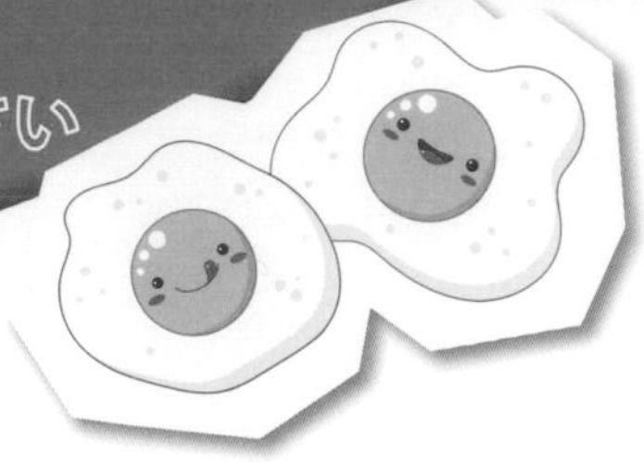

 **看看下圖，想想看相關的問答吧！** 

時間、數量、形狀和色彩都是日常生活中重要的話題，例如：要約幾點見面呢？該選什麼顏色？是開啟話題的一大方向。

情境 1

ビール二(ふた)つください。

請來兩瓶啤酒。

情境 2

あと2週間(しゅうかん)、猛勉強(もうべんきょう)するぞ。

還剩兩週，我要發奮用功了。

情境 3

髪色(かみいろ)を変(か)えたいんです。

我想換新髮色。

情境 4

どの色(いろ)にしようか。

選哪個顏色好呢？

01 成為破冰達人 

開啟話題的詞組地圖

從生活中找題材，就有聊不完的話題。關於地點還可以向四面八方延伸，動動腦開啟你的聯想力！

時間

a. 締(し)め切(き)りが近(ちか)づく。（臨近截稿日期。）

b. 受験(じゅけん)シーズンが始(はじ)まった。（考季開始了。）

c. 待(ま)ち合(あ)わせに遅刻(ちこく)する。（約會遲到。）

數量

d. プラスになる。（變成有利。）

e. マイナスになる。（變成不利。）

f. 人手(ひとで)を増(ふ)やす。（增加人手。）

g. ますます強(つよ)くなる。（越來越強大。）

色彩、模樣

h. 真(ま)っ青(さお)な顔(かお)をしている。（臉色鐵青。）

i. ワイシャツは無地(むじ)がいい。（襯衫以素色的為佳。）

j. この縞柄(しまがら)が気(き)に入(い)った。（喜歡這種條紋花樣。）

02
文法九宮格

把生活放進句型裡，就有無限的話題。

幫你統整白天到晚上、一年四季都用得到的句子。請將九宮格裡的單字，填入 □ 中。

名詞 だけしか 否定 ➡ 只…、…而已、僅僅…

隻身一人剛來到東京發展的青年們，為了實現成為舞者、漫畫家亦或是藝人的夢想，日子雖然過得拮据，卻澆不熄心中的熱情。試著用「だけしか」和時間及數量的說法，說說看離鄉背井的人們常遇到的生活大小事。

① 食

トースト／食（た）べなかった
吐司／沒吃

割引（わりび）き商品（しょうひん）／買（か）わない
折價商品／不買

② 衣

セーター一着（いっちゃく）／着（き）ていない
一件毛衣／沒穿

靴下（くつした）3足（ぞく）／持（も）ってない
襪子3雙／沒有

③ 住

4.5畳（じょう）／ない
4.5坪／沒有

布団（ふとん）と机（つくえ）／ない
棉被和桌子／別無他物

上京青年

④ 行

雨（あめ）の日（ひ）／乗（の）らない
雨天／不搭乘

普通列車（ふつうれっしゃ）／乗（の）れない
區間車／不搭乘

⑤ 金錢

お金（かね）のこと／考（かんが）えてない
金錢問題／沒有思考

100円（えん）／ない
100圓／沒有

⑥ 工作

待（ま）つこと／できない
等待／毫無辦法

1名（めい）／応募（おうぼ）していない
1位／沒有招募

⑦ 心理

前（まえ）／向（む）かない
前方／哪兒都不看

努力（どりょく）／できない
努力／別無他法

⑧ 其他

3時間（じかん）／寝（ね）られない
3小時／不能睡

一人（ひとり）／いない
自己／沒有別人

其他文法

將 ⬀ 標記的字填入底線中，練習說！

- **名詞の；動詞普通形**＋ついでに＋**名詞**＋もした

順便…、順手…、就便…

⬀ 出張（しゅっちょう）する／取材（しゅざい）
⬀ 出差／採訪

⬀ 家事（かじ）をする／運動（うんどう）
做家事／運動

⬀ 図書館（としょかん）に行（い）く／買（か）い物（もの）
前去圖書館／購物

03 生活長對話

track 04

影子跟讀

像影子一樣的跟讀是讓口說突飛猛進的最佳良藥之一。先仔細聆聽會話，再模仿會話人物的聲調、語氣。

男客（おとこきゃく）：もしもし、大阪行（おおさかゆ）きの飛行機（ひこうき）を予約（よやく）したいんですが、来週（らいしゅう）の金曜日（きんようび）夕方（ゆうがた）あたりに２名（めい）でお願（ねが）いします。

スタッフ：すみません。大阪行（おおさかゆ）きは週（しゅう）３回（かい）、月火木（げつかもく）の午前（ごぜん）しか飛（と）びませんが。

男客（おとこきゃく）：再来週（さらいしゅう）の月曜日（げつようび）はどうかなあ。

スタッフ：再来週（さらいしゅう）ですか。ええと、月曜日（げつようび）は祝日（しゅくじつ）ですので、もう満席（まんせき）なんですが。

男客（おとこきゃく）：困（こま）ったなあ。じゃあ、一日遅（いちにちおく）らせて火曜日（かようび）の便（びん）はどうですか。

スタッフ：火曜日（かようび）の便（びん）なら席（せき）がございます。

男客（おとこきゃく）：じゃ、それでお願（ねが）いします。

スタッフ：かしこまりました。

對話中譯

男顧客：您好，我想預約飛往大阪的機票，下週五傍晚時段，兩個機位。

女客服：不好意思，前往大阪的班機每週３班，只在星期一、二、四上午起飛。

男顧客：那麼，下下週的星期一呢？

女客服：下下週嗎？我查一下……當週星期一是假日，目前已經客滿。

男顧客：傷腦筋啊。那麼，隔天星期二的班機呢？

女客服：星期二的班機還有空位。

男顧客：好，請代訂那天的機位。

女客服：好的，立刻為您訂位。

04

生活短對話

聽聽短對話，還有哪些話題和說法呢？

先仔細聆聽會話，再模仿會話人物的聲調、語氣，像影子一樣跟著老師學習道地日語。

1

男客(おとこきゃく)：　これ、ちょっと大(おお)きすぎるし、色(いろ)が暗(くら)いから、重(おも)そうに見(み)えるな。

店員(てんいん)：　では、こちらはいかがでしょう。色(いろ)も明(あか)るいですし、ちょうどいい大(おお)きさかと…。しかも、セール品(ひん)でお値(ね)段(だん)も 28,000 円(えん)、お安(やす)くなっております。

男客(おとこきゃく)：　ああ、確(たし)かに大(おお)きさも適当(てきとう)だし、値段(ねだん)も…まあ、いいか。これをお願(ねが)いします。

2

櫻子(さくらこ)：　ねえ、金曜日(きんようび)の夜(よる)、パーティーに来(こ)ない。アメリカの友達(ともだち)が来(く)るよ。

田中(たなか)：　でもな、僕(ぼく)英語(えいご)なんかあまり話(はな)せないもんな。

櫻子(さくらこ)：　全然問題(ぜんぜんもんだい)ないわよ。アメリカの友達(ともだち)が増(ふ)えるし、いい思(おも)い出(で)も作(つく)れるし、それにいやなことを忘(わす)れることもできるわよ。ついでに写真(しゃしん)の撮影(さつえい)、手伝(てつだ)ってくれると有難(ありがた)いんだけど。

田中(たなか)：　ああ、そういうことね。

對話中譯

1. 男顧客：這個，大了點，顏色又暗，看起來很沉重。
   女店員：那麼，您喜歡這個嗎？顏色比較亮，尺寸也適中……。而且還是特價品，只要 28,000 圓，很划算呢。
   男顧客：喔，的確大小剛好，價格也……嗯，好吧，就給我這個。

2. 櫻子：嗨，星期五晚上有派對，要不要來呀？我美國的朋友也會來喔。
   田中：可是……我英文不太靈光耶。
   櫻子：別擔心那個嘛！來參加不僅可以交到美國的朋友，還能留下美好的回憶，忘掉那些煩人的事。如果願意幫忙順手拍拍照，更是感激不盡囉。
   田中：哦，原來這才是重點啊。

PRACTICE

05

自學就會的對話練習

把詞組套入對話中，馬上就會說！

同一個對話還有很多種變化，可以自己練習，或找朋友聊一聊，重點是一定要開口說。

1
店員：この会員証、先月①で有効期限切れてますよ。更新しなかったんですか。
這張會員卡上個月過期了喔。你沒更新嗎？

2
お客さん：すみません。忙しくて。
不好意思。我太忙了。

3
店員：2週間後②まで予約でいっぱいなんです。その間ジムは使えません。
兩個星期後的預約全滿了。在那之前健身房都無法使用。

4
お客さん：今日はだめなんですか。
今天不能用嗎？

5
店員：もう期限が切れて3週間③経っていますから。最近申請が多くて、更新には1か月④かかるかもしれません。
因為已經過期３週了。而且最近申請的案件比較多，更新可能要花上１個月。

練習說

將單字依序填入上面對話的 □ 中！

1
① 先週（上星期）
② 来週（下週）
③ 6日（6天）
④ 半月（半個月）

2
① 先々月（上上個月）
② 再来週（下下週）
③ 2ヶ月以上（兩個月以上）
④ 20日（20天）

3
① 先々週（上上星期）
② 5日後（5天後）
③ 14日（14天）
④ 2週間（兩週）

06 句子串聯

看出句子的關係，通順連接

參考下方例題，試著把句子串聯在一起，就能講出流暢的語句！

例：　マラソンに参加する。10キロしか走りません。

　　→　マラソンに参加するといっても、10キロしか走りません。

早起き。3日しか続きませんでした。

→ ……………………といっても、……………………。

留学。3ヶ月だけです。

→ ……………………………………………………。

駅から近いです。歩いて7、8分かかります。

→ ……………………………………………………。

提出問題

提出疑問，主動拉近距離

在對話時，「提問」是非常重要的能力。看看下方的回答，練習回推問句吧！

問 …………………………（今　うち　飲み物　買う　行く）

答 いいよ。まだあと15分もあるから。

問 …………………………（明日　何時　来る　いい）

答 8時まえに、教室に集合してください。

問 …………………………（10時　出発　ということ　どう）

答 ええ、そうしましょう。

句子串聯

早起きといっても、3日しか続きませんでした。

留学といっても、3ヶ月だけです。

駅から近いといっても、歩いて7、8分かかります。

提出問題

今のうちに飲み物を買いにいこうか。

明日何時に来ればいいですか。

10時に出発ということでどうですか。

PRACTICE

07 即時應答

從應用到日檢

什麼情況下該說什麼話？日檢考題中不僅涵蓋了非常生活化的問題，應答之中也蘊含了日本曖昧的說話文化。現在就一起來了解！

1 女の人：あなたは何時頃こちらにいらっしゃいますか。

男の人：1 10時にいらっしゃいます。

2 10時に参ります。

3 10時までです。

2 女の人：お久しぶりですね。

男の人：1 ええ、以前からですね。

2 ええ、一年だけでしたね。

3 ええ、最後にお会いしたのは、一年も前ですね。

3 女の人：今日は、これで失礼します。

男の人：1 また、ぜひいらっしゃってください。

2 こちらこそ、失礼します。

3 とんでもない。

4 女の人：明日、雨なら試合は中止ですか。

男の人：1 雨が降っても中止です。

2 雨が降ったら中止です。

3 いいえ、中止です。

1 女士：您幾點蒞臨此處呢？
男士：1 10點蒞臨。
②10點前來。
3 10點之前。

2 女士：好久不見。
男士：1 是呀，從以前就這樣。
2 是呀，只有一年。
③是呀，最後一次見面已經是一年前的事了呢。

3 女士：我先告辭了。
男士：①請務必再次光臨。
2 我才該向您告辭。
3 您客氣了。

4 女士：假如明天下雨，會停賽嗎？
男士：1 即使下雨也會停賽。
②萬一下雨就停賽。
3 不，要停賽。

08 自問自答練習

用自問自答方式，把自己當自己當說話對象，養成隨時用日語思考、對話的習慣，然後串連句子成段，一口氣溜一分鐘日語。

你的語順對了嗎？看圖練習

首先看看下面的插圖，請先挑戰旁邊的句子，把它組成通順的句子。

主題：「自分(じぶん)に厳(きび)しすぎない暮(く)らし方(かた)」（不要太苛責自己的生活方式）

❶

1. 毎日(まいにち)、暗(くら)い気持(きも)ちで_____ _____ _____ _____やすい体(からだ)を作(つく)ってしまいますので、あまり笑(わら)わないというのはよくありません。

   ①と　②過(す)ごす　③なり　④病気(びょうき)に

2. 一日一回(いちにちいっかい)はおもしろいテレビ番組(ばんぐみ)_____ _____ _____ _____と話(はな)したりして、大笑(おおわら)いしたほうがいいですね。

   ①たり　②を　③人(ひと)　④見(み)

❷

1. そして、毎日(まいにち)_____ _____ _____ _____です。

   ①こと　②歩(ある)く　③は　④1時間(じかん)

2. _____ _____ _____ _____に座(すわ)っているのはよくないです。

   ①パソコン　②一日中(いちにちじゅう)　③前(まえ)　④の

3. あとは、あれをしてはいけない、これをしちゃダメだ、と、自分(じぶん)に厳(きび)しく_____ _____ _____ _____もよくありませんね。

   ①ばかり　②いる　③の　④して

self-questioning

自己當自己的說話對象

針對每個句子提出問題，培養問問題的能力，不用出國也能隨時練習。

Section 1

日文括號（　）部分可以省略。

1.

自問： 毎日、暗い気持ちで過ごすとどうなりますか。（天都心情灰暗的過日子，會怎麼樣呢？）

自答： （毎日、暗い気持ちで過ごすと）病気になりやすい体を作ってしまいます。（〈天都心情灰暗的過日子〉就會養成容易生病的體質。）

2.

自問： あまり笑わないというのはよくありませんか。（不太笑的話對身體不好嗎？）

自答： はい、（あまり笑わないというのは）よくありません。（是的，〈不太笑的話對身體〉不好。）

3.

自問： 大笑いするには、どんなことをしたほうがいいですか。（想要開懷大笑的時候，該做什麼呢？）

自答： 一日一回はおもしろいテレビ番組を見たり人と話したりしたほうがいいです。（最好每天至少收看一次詼諧滑稽的電視節目或是找人聊天。）

Section 2

1.

自問： 病気になりにくい体を作るためには、毎日何時間歩いたほうがいいですか。（養成不容易生病的體質，每天最好走路幾個小時？）

自答： (病気になりにくい体を作るためには、) 毎日１時間は歩いたほうがいいです。（〈養成不容易生病的體質〉每天最好走路一個小時。）

2.

自問： 一日中パソコンの前に座っているのはどうですか。（可以一整天都坐在電腦前面嗎？）

自答： (一日中パソコンの前に座っているのは) よくないです。（〈一整天都坐在電腦前面〉這樣不妥當。）

3.

自問： あと、どんなことがよくありませんか。（此外，做什麼事也不好呢？）

自答： あれをしてはいけない、これをしちゃダメだ、と、自分に厳しくしてばかりいるのもよくありません。（做那也不行，做這也不好，對自己太嚴格也不好。）

短句變短文

這樣就可以串連句子，變成段落。不再只會です、ます結尾了。

❶ 毎日、暗い気持ちで過ごすと病気になりやすい体を作ってしまいますので（←原因「因為」，加入「ので」）、あまり笑わないというのはよくありません。一日一回はおもしろいテレビ番組を見たり人と話したりして（←手段「します」改成「して」）、大笑いしたほうがいいですね。

❷ そして、毎日１時間は歩くこと（←刪去「です」）。一日中パソコンの前に座っているのはよくないです。あとは、あれをしてはいけない（←刪去「とか」）、これをしちゃダメだ、と、自分に厳しくしてばかりいるのもよくありませんね。

MEMO

毎日、暗い気持ちで過ごすと病気になりやすい体を作ってしまいますので、あまり笑わないというのはよくありません。一日一回はおもしろいテレビ番組を見たり人と話したりして、大笑いしたほうがいいですね。そして、毎日1時間は歩くこと。一日中パソコンの前に座っているのはよくないです。あとは、あれをしてはいけない、これをしちゃダメだ、と、自分に厳しくしてばかりいるのもよくありませんね。

中文翻譯

天都心情灰暗的過日子，就會養成容易生病的體質。不太笑的話對身體不好。最好每天至少收看一次詼諧滑稽的電視節目或是找人聊天，盡量放聲大笑。養成不容易生病的體質，每天最好走路一個小時。一整天都坐在電腦前面也不妥當。做那也不行，做這也不好，對自己太嚴格也不好。

Lesson 2 ひと 人

看看下圖，也說說看自己的個性。

關於人，可以聊關係、聊穿著、聊個性、聊……太多了，介紹自己是認識他人的第一步，不妨從自身來開啟話題吧。

01 成為破冰達人

開啟話題的詞組地圖

從生活中找題材，就有聊不完的話題。關於地點還可以向四面八方延伸，動動腦開啟你的聯想力！

人物稱呼

a. 独身（どくしん）の生活（せいかつ）を楽（たの）しむ。（享受單身生活。）

b. ボランティアで道路（どうろ）のごみ拾（ひろ）いをしている。（參加志工撿拾馬路上的垃圾。）

c. 家主（やぬし）に家賃（やちん）を払（はら）う。（支付房東房租。）

d. 知（し）り合（あ）いになる。（相識。）

性格

e. おとなしい女（おんな）の子（こ）がいい。（我喜歡溫順的女孩。）

f. わがままを言（い）う。（說任性的話。）

g. はっきり言（い）いすぎた。（說得太露骨了。）

人際關係

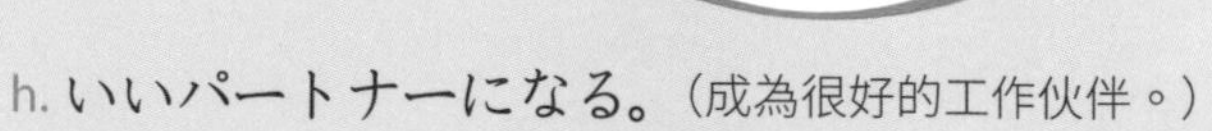

h. いいパートナーになる。（成為很好的工作伙伴。）

i. 結婚（けっこん）して名字（みょうじ）が変（か）わる。（結婚後更改姓氏。）

j. 今日（きょう）は姪（めい）の誕生日（たんじょうび）だ。（今天是姪子的生日。）

02 文法六宮格

把生活放進句型裡，就有無限的話題。

幫你統整白天到晚上、一年四季都用得到的句子。請將六宮格裡的單字，填入 □ 中。

名詞 は 名詞 が ［形容詞・動詞］普通形（んだ）；形容動詞詞幹な（んだ） って

➡ 他說…、聽說…

人與人之間相處總是少不了互相打探情報、消息，從住宅區的街頭巷尾到公司的茶水間也總流傳著某某人的八卦。引用聽來的消息，就少不了「～って」這個文法，試著用「～って」說說你聽到的消息吧。

1 靈異

あのトイレ／泣き声／聞こえる
那間廁所／哭聲／聽得到

湖の底に／遺体／眠っている
湖底／遺體／沈沒

2 戀情

彼女／恋愛経験／ない
她／戀愛經驗／沒有

ももちゃんの彼氏／性格／いい
小桃的男友／脾氣／好

3 學校

地方大学の学生／機会／少ない
首都以外的學生／機會／少得可憐

あの子／語彙力／高い
那孩子／詞彙量／豐富

5 氣象

週末／台風／上陸する
週末／颱風／登陸

来週／梅雨／明ける
下週／梅雨季／即將結束

消息

4 工作

田中さん／年収／高い
田中先生／年收入／甚高

伊藤さん／仕事／できる
伊藤小姐／工作／幹練

其他文法

將 ⬀ 標記的字填入底線中，練習說！

- だって、＋［名詞・形容動詞詞幹］なんだ；［形容詞・動詞］普通形んだ＋もん
  因為…嘛
  - ⬀ まだ子どもなんだ　她還只是個孩子
  - ⬀ 仕方がないんだ　沒有辦法
  - ⬀ 欲しいんだ　真的很想要
- 名詞＋を＋動詞て形＋てほしい
  想請你…
  - ⬀ パソコン／直し　電腦／維修
  - ⬀ 人種差別／やめ　種族歧視／停止
  - ⬀ 状況／説明し　情況／說明

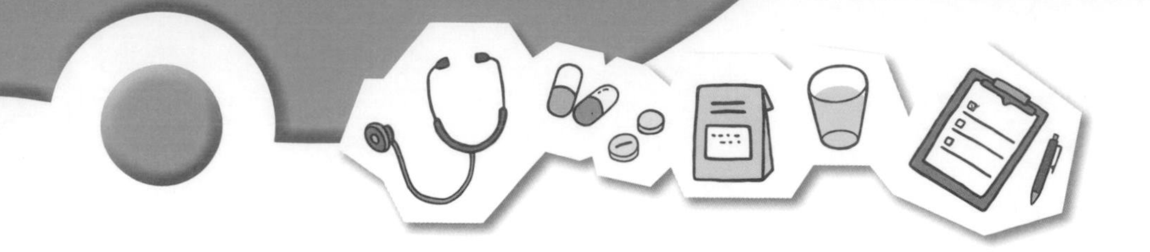

03
生活長對話

影子跟讀

像影子一樣的跟讀是讓口說突飛猛進的最佳良藥之一。先仔細聆聽會話，再模仿會話人物的聲調、語氣。

医者：　この薬は、食後に飲んで下さい。

患者：　はい。朝・昼・夕方の食後ですね。

医者：　いえ、朝、夕です。でも、痛い時はもう一回飲んでもいいです。

患者：　一日、３回ですね。

医者：　ええ、痛くて我慢できない時は、間を５時間空けて一日に３回まではいいですよ。

患者：　わかりました。それから、痛くなったら別の痛み止めを飲んでもいいですか。

医者：　ああ、それはダメです。でも、もうだんだん痛みもなくなりますよ。

患者：　じゃ、痛くなくなったら、飲まなくてもいいですか。

医者：　そうですね。ただ、これから１週間は朝晩２回は飲んで下さいね。

對話中譯

男醫師：這種藥請在飯後服用。
女病患：好的，是３餐飯後吧？
男醫師：不，只在早餐和晚餐後服用。不過，疼痛發作時可以多吃一次。
女病患：一天可以吃３次吧？
男醫師：是的。假如痛到難以忍受，可以在間隔５小時後服用，每天最多３次。
女病患：知道了。另外，痛的時候可以吃其他止痛藥嗎？
男醫師：喔，那可不行。疼痛症狀會逐漸緩解的，別擔心。
女病患：那麼，等到不痛了，就不必繼續吃藥囉？
男醫師：對。不過，接下來一星期務必每天早晚服用兩次喔。

04

生活短對話

聽聽短對話，還有哪些話題和說法呢？

先仔細聆聽會話，再模仿會話人物的聲調、語氣，像影子一樣跟著老師學習道地日語。

1

前輩(せんぱい)：きみ、がんばっていますね。仕事(しごと)を覚(おぼ)えるのが早(はや)いって店長(てんちょう)が言(い)っていましたよ。

新人(しんじん)：ああ、そうっすか。

前輩(せんぱい)：まだ入(はい)ったばかりなのに、よく努力(どりょく)しているって。声(こえ)も元気(げんき)があって気持(きも)ちがいいし。

新人(しんじん)：はい。まあ。あざーす！

2

母(はは)：みっちゃん、今日(きょう)は暑(あつ)いから、涼(すず)しい服(ふく)を着(き)なさいね。

娘(むすめ)：はい、涼(すず)しい服(ふく)ね。

母(はは)：あら、駄目(だめ)よ、そんなに短(みじか)いスカートは。長(なが)いスカートにしなさい。

娘(むすめ)：ええ？長(なが)いのは嫌(きら)い。可愛(かわい)くないもん。

對話中譯

1. 女前輩：你好認真唷。店長也說你工作內容學得很快呢。
男新人：哦，是喔？
女前輩：店長說你剛到職，但是很努力呢。聲音也很宏亮，聽起來充滿朝氣。
男新人：是！呃，謝啦！

2. 媽媽：小美，今天很熱，穿涼爽些喔。
女兒：好——我挑件涼一點的。
媽媽：欸，不行啦，那件裙子太短了，換長一點的裙子！
女兒：不要啦！人家不喜歡穿長的，一點都不可愛嘛。

PRACTICE

05 自學就會的對話練習

把詞組套入對話中，馬上就會說！

同一個對話還有很多種變化，可以自己練習，或找朋友聊一聊，重點是一定要開口說。

1
里美：最近文字が見えづらくて、新しい眼鏡が欲しいんだ。

最近看不太清楚字，想配一副新眼鏡。

2
清太：そうなんだ。せっかくなら流行りの形がいいよね。角がはっきりした①タイプのものを雑誌で見たよ。顔の丸み②も隠せるって。

原來如此。趁這個機會挑一副流行款的吧。我在雜誌上看到稜角分明的款式，據說可以修飾肉肉的臉頰。

3
里美：そうなの。それはよさそう。

是嗎？那個好像不錯。

4
清太：レンズが小さい③ものは、度数が高い人は作りにくいらしいよ。

如果是鏡片小一點的款式，針對度數高的使用者似乎較難以製作。

5
里美：どれもいいなあ。縁が細い④のは前持っていたから、今回はちょっと違う形のが欲しいと思っているんだ。

每一個看起來都不錯呢。之前戴過細鏡框的，這次想要稍微不一樣的款式。

6
清太：じゃあ、これはどうかな。

那，這個怎麼樣呢？

7
里美：そうね。明日お店へ見に行ってみる。

嗯嗯。明天我到店裡去挑看看吧。

練習說

將單字依序填入上面對話的 ☐ 中！

1
- ① 真ん丸い（正圓形的）
- ② 四角い輪郭（四方的臉型）
- ③ 横幅が狭い（寬度窄〈的〉）
- ④ 目立つ色（亮色系）

2
- ① 楕円形（橢圓形的）
- ② 逆三角の輪郭（倒三角的臉型）
- ③ 細目のフレーム（細框）
- ④ 金色（金色）

06 句子串聯

看出句子的關係，通順連接

參考下方例題，試著把句子串聯在一起，就能講出流暢的語句！

> **例：** 田舎暮らしに憧れた。長野に移住した。
>
> → 田舎暮らしに憧れたもので、長野に移住した。

勉強が苦手です。高校を出てすぐ就職しました。

→ ……………………もので、……………………。

お金がほしいです。朝から夜まで働いています。

→ ……………………………………………。

妊娠しました。お酒をやめました。

→ ……………………………………………。

提出問題

提出疑問，主動拉近距離

在對話時，「提問」是非常重要的能力。看看下方的回答，練習回推問句吧！

問 ……………………（課長　石田　いらっしゃいます）

答 はい、いらっしゃいます。少々お待ちください。

問 ……………………（彼の事　ご存知）

答 はい、存じています。

問 ……………………（写真　撮る　いただく）

答 ええ、いいですよ。

句子串聯

勉強が苦手なもので、高校を出てすぐ就職しました。

お金がほしいもので、朝から夜まで働いています。

妊娠したもので、お酒をやめました。

提出問題

課長の石田さんはいらっしゃいますか。

彼の事をご存知ですか。

写真を撮っていただけますか。

PRACTICE

07 即時應答

從應用到日檢

什麼情況下該說什麼話？日檢考題中不僅涵蓋了非常生活化的問題，應答之中也蘊含了日本曖昧的說話文化。現在就一起來了解！

1 女の人：この服、私には子どもっぽいかな。

男の人：1　そんなことないよ。よく似合うよ。

2　そんなことないよ。あまり似合わないよ。

3　そんなことないよ。子どもみたいだよ。

2 女の人：山村さん、交通事故にあったらしいよ。

男の人：1　えっ、まさか！さっきまでそこで話していたんだよ。

2　えっ、わざわざ？さっきまでそこで話していたのに。

3　えっ、さっきまでそこで話していたからね。

3 女の人：あれ？小野寺課長は？

男の人：1　どこかにいますよ。

2　さあ、どうでしょうか。

3　今、銀行に行かれました。

4 女の人：ちょっとお尋ねしたいんですが、よろしいですか。

男の人：1　いえ、いいですよ。

2　はい、どんなことでしょうか。

3　ええ、どこでもどうぞ。

Answer 翻譯與解答

1 女士：這件衣服我穿起來會不會太孩子氣呢。
男士：
①沒這回事，很適合妳哦。
2 沒這回事，不太適合妳喔。
3 沒這回事，很像小孩子喔。

2 女士：山村先生，車禍了。
男士：
①什麼，怎麼會！剛才還在那裡說話啊！
2 什麼，特地做？剛才還在那裡說話的說。
3 什麼，因為剛才還在那裡說話吧。

3 女士：咦！小野寺課長他人在哪裡？
男士：1 在某處吧！
2 這個嘛，誰知道啊？
③剛剛去了銀行。

4 女士：我可以問一下嗎？
男士：1 不，好的。
②好，有什麼事呢？
3 好的，去哪裡都可以。

08 自問自答練習

用自問自答方式，把自己當自己當說話對象，養成隨時用日語思考、對話的習慣，然後串連句子成段，一口氣溜一分鐘日語。

你的語順對了嗎？看圖練習

首先看看下面的插圖，請先挑戰旁邊的句子，把它組成通順的句子。

主題：「正しい傘の持ち方」（傘的正確拿法）

❶

1. ぬれた傘の持ち方で、その人が他の人の迷惑＿＿＿ ＿＿＿ ＿＿＿ ＿＿＿、そうじゃないかがわかりますよね。

①を　②人　③考える　④か

2. 傘を持って駅の階段を上がる時、傘の先を後ろに向けて＿＿＿ ＿＿＿ ＿＿＿ ＿＿＿が、本当に危険です。

①いる　②が　③人　④います

❷

1. この前、階段を上がり＿＿＿ ＿＿＿ ＿＿＿ ＿＿＿ら、目の前に傘の先があって、びっくりしました。

①顔　②ながら　③を　④上げた

2. 傘はまっすぐ、下に＿＿＿ ＿＿＿ ＿＿＿ ＿＿＿です。

①もの　②ほしい　③持って　④向けて

❸

1. このことは、学校でも子どもたち＿＿＿ ＿＿＿ ＿＿＿ ＿＿＿と思います。

①に　②教える　③だ　④べき

正確順序 1324 ➡ 1324 ➡ 2134 ➡ 4321 ➡ 1243

self-questioning

自己當自己的說話對象 track C-17

針對每個句子提出問題，培養問問題的能力，不用出國也能隨時練習。

日文括號（　）部分可以省略。

Section 1

1.

自問：ぬれた傘の持ち方で、どんなことが分かりますか。（觀察一個人拿濕傘的方式，就能夠了解了什麼呢？）

自答：（ぬれた傘の持ち方で、）その人が他の人の迷惑を考える人か、そうじゃないかがわかります。（觀察一個人〈拿濕傘的方式，〉就能夠了解這個人會不會為別人著想。）

2.

自問：傘を持って駅の階段を上がる時、どんなことが本当に危険ですか。（握著傘爬車站樓梯時，什麼情況會相當危險呢？）

自答：（傘を持って駅の階段を上がる時、）傘の先を後ろに向けること（が本当に危険）です。（〈有些人握著傘爬車站樓梯時，是〉將傘尖朝後〈這種握法相當危險〉。）

Section 2

1.

自問：この前、階段を上がっている時、どんなことがありましたか。（不久前爬樓梯時，發生了什麼事？）

自答：（この前、）階段を上がりながら顔を上げたら、目の前に傘の先があって、びっくりしました。（〈不久前〉我爬樓梯時無意間抬頭，眼前赫然出現一把傘尖，嚇了我一大跳。）

2.

自問： 傘はどのように持って欲しいですか。（拿傘的方法應該如何是好？）

自答： 傘はまっすぐ、下に向けて持ってほしいです。（拿傘的方法應該是垂直握持。）

Section 3

1.

自問： ぬれた傘の持ち方について、だれに教えるべきだと思いますか。（有關拿濕傘的方式，你認為應該由何處來教給誰呢？）

自答： 学校で子どもたちに教えるべきだと思います。（我認為學校應當教導學童正確的拿濕傘方式。）

self-questioning

短句變短文

這樣就可以串連句子，變成段落。不再只會です、ます結尾了。

❶ ぬれた傘の持ち方で（←手段「方式」，用「で」）、その人が他の人の迷惑を考える人か（←選擇「…或是…」，用「か～か」）、そうじゃないかがわかりますよね。

傘を持って駅の階段を上がる時（←某時候，用「時」）、傘の先を後ろに向けている人がいますが（←展開話題，加入「が」）、本当に危険です。

❷ この前、階段を上がりながら顔を上げたら（←遇到某狀態的契機，加入「たら」）、目の前に傘の先があって（←「あります」改成「あって」）、びっくりしました。傘はまっすぐ、下に向けて持ってほしいものです。

❸ このことは、学校でも子どもたちに教えるべきだと思います。

短文變長文
一口氣溜一分鐘日語

ぬれた傘の持ち方で、その人が他の人の迷惑を考える人か、そうじゃないかがわかりますよね。傘を持って駅の階段を上がる時、傘の先を後ろに向けている人がいますが、本当に危険です。この前、階段を上がりながら顔を上げたら、目の前に傘の先があって、びっくりしました。傘はまっすぐ、下に向けて持ってほしいものです。このことは、学校でも子どもたちに教えるべきだと思います。

中文翻譯

觀察一個人拿濕傘的方式，就能夠了解這個人會不會為別人著想。有些人握著傘爬車站樓梯時是將傘尖朝後，這種握法相當危險。不久前我爬樓梯時無意間抬頭，眼前赫然出現一把傘尖，嚇了我一大跳。拿傘的方法應該是垂直握持。我認為學校也應當教導學童正確的拿濕傘方式。

Lesson 3 きょうみ 愛好

看看下圖，也說說看自己的興趣。

track 19

想要認識一個人，就從對方有興趣的事物開始。興趣，不僅是與他人相識的橋樑，能夠充滿熱誠的用日語暢談自己的興趣，也是一件有魅力的事。

01 成為破冰達人

開啟話題的詞組地圖

從生活中找題材，就有聊不完的話題。關於地點還可以向四面八方延伸，動動腦開啟你的聯想力！

靜態

a. 大河ドラマを放送する。（播放大河劇。）

b. 詩を作る。（作詩。）

c. 音楽を演奏する。（演奏音樂。）

電影

d. ホラー映画のせいで眠れなかった。（因為恐怖電影的可怕而睡不著。）

e. コメディー映画が好きだ。（喜歡看喜劇電影。）

f. アクション映画が人気だ。（動作片很火紅。）

g. SF 映画を見る。（看科幻電影。）

動態

h. 鎌倉へハイキングに行く。（到鎌倉去健行。）

i. トラックを一周する。（繞跑道跑一圈。）

j. 週二日トレーニングをしている。（每週鍛鍊身體兩次。）

02 文法六宮格

把生活放進句型裡，就有無限的話題。

幫你統整白天到晚上、一年四季都用得到的句子。請將六宮格裡的單字，填入□中。

名詞 でござるか ➡ …呢？…嗎？（ですか）

帥氣又俠義的「武士」，是許多日本影劇、漫畫迷憧憬的人物。他們所使用的日語與現代日語大為不同，卻仍有相似之處。例如「でござるか」，用法就十分接近現今的「ですか」，一起來了解吧！

① 地點時間

いずこ
哪裡（どこ）

刻限（こくげん）
時間（時刻）

② 對象

鈴木殿（すずきどの）
鈴木先生（鈴木さん）

お呼（よ）び
呼叫

③ 質問

何事（なにごと）
何事

何故（なにゆえ）
為什麼

⑤ 問喜好

いかん
不可以

好（す）き
喜歡

武士的疑問

④ 反問

さよう
是這樣

まこと
真的

其他文法

將 ⬀ 標記的字填入底線中，練習說！

● 名詞＋なんか＋動詞否定

…之類的

⬀ LINE Pay／使（つか）えない
LINE Pay／不會使用

⬀ 電子書籍（でんししょせき）／慣（な）れてない
電子書／用不慣

⬀ 読（よ）む暇（ひま）／ない
讀書的閒工夫／沒有

● 名詞；形容動詞詞幹；[動詞・形容詞]普通形＋みたいに＋[形容詞形・容動詞]普通形

好像…

⬀ 作（つく）り物（もの）／綺麗（きれい）
精心打造的物品／精緻美麗

⬀ 鬼（おに）／恐（こわ）い
鬼／嚇人

⬀ 稲妻（いなずま）／速（はや）い
閃電／神速

03 生活長對話

影子跟讀

像影子一樣的跟讀是讓口說突飛猛進的最佳良藥之一。先仔細聆聽會話，再模仿會話人物的聲調、語氣。

もも：何読んでるの？

智也：歴史小説。最近出た本だよ。

もも：私はね、最近、科学の本を読んでるの。

智也：へえ。

もも：携帯とか、パソコンについて、科学的なことが知りたくて。

智也：そうか。僕はITの仕事だから、自分で読む本はそれと関係ないものがいいな。

もも：でも、歴史と科学って関係あるよね。

智也：まあ、そうだね。

もも：この時代にこんなことがあったから、こんな発明があったんだっていう事実が書かれた本が、私は好きだな。

智也：うん。わかるよ。

もも：前は小説が好きだったんだけどね。

智也：ふうん。僕は、どっちも好きだな。

對話中譯

小桃：你在看什麼？
智也：歷史小說，剛出版的。
小桃：我呀，最近在看科學類的書。
智也：是哦。
小桃：我想知道關於手機、電腦之類的科技知識。
智也：這樣啊。我在資訊科技業工作，所以下班後只想翻閱和工作無關的書。
小桃：可是，歷史和科學並非完全無關吧。
智也：這麼說也對。
小桃：我很喜歡閱讀那種如實記述在某個時代由於發生了某件事，使得某項發明應運而生的書籍。
智也：嗯，我懂妳的意思。
小桃：不過我以前比較喜歡看小說啦。
智也：這樣啊，我兩種都喜歡。

04

生活短對話

聽聽短對話，還有哪些話題和說法呢？

先仔細聆聽會話，再模仿會話人物的聲調、語氣，像影子一樣跟著老師學習道地日語。

1

里美(さとみ)：　きみ、猫(ねこ)がまるで自分(じぶん)の子(こ)どもみたいね。

清太(しょうた)：　そうだね。何(なに)より、猫(ねこ)がいると健康(けんこう)でいられるんだ。

里美(さとみ)：　えっ、どうして？

清太(しょうた)：　一人(ひとり)だと、僕(ぼく)なんか家(いえ)に帰(かえ)らないで仕事(しごと)ばかりしているかもしれないけど、猫(ねこ)がいると必(かなら)ず家(いえ)に帰(かえ)るからね。

2

陽菜(ひな)：　あれ、桜子(さくらこ)でしょう。スケートうまくなったね。

莉子(りこ)：　違(ちが)うよ。手前(てまえ)で転(ころ)んだのが桜子(さくらこ)よ。

陽菜(ひな)：　あらま、そっちか。

對話中譯

1. 里美：我看你根本把家裡的貓當孩子疼嘛。
清太：是啊。有貓主子在，我才能保持身體健康。
里美：咦，這話怎麼說？
清太：假如自己一個人住，我說不定連家都不回只管埋頭工作；但是家有貓咪，可就非回家不可了。

2. 陽菜：那是櫻子吧？溜冰技術進步不少喔。
莉子：妳認錯人了啦，在我們前面跌倒的那個才是櫻子。
陽菜：是哦，原來那才是櫻子呀。

PRACTICE

05 自學就會的對話練習

把詞組套入對話中，馬上就會說！

同一個對話還有很多種變化，可以自己練習，或找朋友聊一聊，重點是一定要開口說。

1

里美：ねえ、卓也の趣味って知ってる。

欸，你知道卓也的興趣是什麼嗎？

2

清太：ああ、卓也が休み時間、哲学の本①を読んでる②のを見たよ。好きなのかな。

啊啊，休息時間我看過卓也在讀哲學書。他是不是喜歡哲學呀？

3

里美：私もそう思ってたんだけど、大学に入ったら、鉄道③のサークルに入るんだって言ってたんだ。

我也以為他喜歡哲學。不過他說進了大學之後，參加了鐵路同好社團。

4

清太：夏休みもずっと旅行してる④って言ってたよね。多趣味だね。

他也說過暑假期間都在旅行對吧。興趣真是廣泛哪！

練習說

將單字依序填入上面對話的 □ 中！

1
① 撮影機材（攝影器材）
② 研究してる（鑽研）
③ 探偵小説（偵探小說）
④ 読書してる（讀書）

2
① 地図（地圖）
② 見てる（細看）
③ バードウォッチング（賞鳥）
④ 散歩してる（散步）

3
① 蟻（螞蟻）
② 世話してる（照料）
③ 植物（植物）
④ スケッチしてる（畫素描）

06

句子串聯

串聯出流暢語句

看出句子的關係，把適當的詞語填入空格中！

a.もので	b.もとより	c.ついでに	d.からには	e.だけで

- 映画（えいが）の（　　　　）、買（か）い物（もの）しない？
- 一人暮（ひとりぐ）らしな（　　　　）、毎日（まいにち）気楽（きらく）に生活（せいかつ）しています。
- この車（くるま）はデザインは（　　　　）燃費（ねんぴ）もいい。
- ここまで来（き）た（　　　　）、頑張（がんば）って頂上（ちょうじょう）まで登（のぼ）ろう。
- 来週（らいしゅう）の旅行（りょこう）のことを考（かんが）える（　　　　）、楽（たの）しくなってくる。

回答問題

聆聽疑問，精準回答

當對方向我們提出疑問，和我們拉近關係時，我們也要能準確回答問題。看看下方的問句，練習回答看看吧！

問　明日（あした）、雨（あめ）なら登山（とざん）は中止（ちゅうし）ですか。

答　いいえ、……………………………………。（小雨（こさめ）　場合（ばあい）　続（つづ）ける）

問　来週（らいしゅう）の日曜日（にちようび）にお宅（たく）に伺（うかが）ってもいいですか。

答　はい、……………………………………。（待（ま）つ）

問　正月休（しょうがつやす）みは、何（なに）がしたいですか。

答　まず、……………………………………。（友達（ともだち）　会（あ）う）

句子串聯

c. a. b. d. e.

回答問題

いいえ、小雨（こさめ）の場合（ばあい）は続（つづ）けます。

はい、お待（ま）ちしています。

まず、友達（ともだち）に会（あ）いたいです。

PRACTICE

07 即時應答

從應用到日檢

什麼情況下該說什麼話？日檢考題中不僅涵蓋了非常生活化的問題，應答之中也蘊含了日本曖昧的說話文化。現在就一起來了解！

1 女の人：あのチーム、なかなか強いね。

男の人：1　うん。練習しなかったんじゃない？

2　うん。きっと負けるんじゃない？

3　うん。ずいぶん練習したんじゃない？

2 女の人：映画どうでした。

男の人：1　とても悲しいからです。

2　おもしろいです。

3　すごくおもしろかったです。

3 女の人：写真を撮っていただけませんか。

男の人：1　ええ、いただけません。

2　ええ、あげますよ。

3　ええ、いいですよ。

4 女の人：コンサートのチケットがあるんだけど、明日、いっしょに行きませんか。

男の人：1　はい、行きません。

2　ありがとう。でも、明日はちょっと用があります。

3　いいえ、私はチケットがありません。

1 女士：那球隊，看起來非常強的樣子呢。
男士：1 是啊，他們沒什麼練習吧？
2 是啊，他們肯定會輸球吧？
③是啊，他們肯定是拼了命練習的吧？

2 女士：那部電影好看嗎？
男士：1 因為很哀傷。
2 會有趣的。
③非常精采。

3 女士：可以麻煩您幫忙拍張照嗎？
男士：1 好啊，請恕婉拒。
2 好啊，那就幫妳一下吧。
③好啊，沒問題。

4 女士：我有演唱會的票，明天要不要一起去？
男士：1 好，我不去。
②謝謝邀請，可惜我明天有事。
3 不了，我沒有票。

08 自問自答練習

用自問自答方式，把自己當自己當說話對象，養成隨時用日語思考、對話的習慣，然後串連句子成段，一口氣溜一分鐘日語。

你的語順對了嗎？看圖練習

首先看看下面的插圖，請先挑戰旁邊的句子，把它組成通順的句子。

主題：「一人登山が好きな理由」（熱愛獨攀的原因）

❶

1. 山は、子どもの時によく父____ ____ ____ ____ました。
①行って ②もらい ③連れて ④に

2. 父も僕が____ ____ ____ ____一人で登っていたそうです。
①なる ②大きく ③よく ④までは

❷

1. 仲間____ ____ ____ ____楽しいけど、僕も、一人が好きですね。
①の ②登る ③と ④も

2. 別に、好きな時に登りたいからとか、自分の好きな速さで____ ____ ____ ____ではないんですけど。
①わけ ②という ③から ④登りたい

❸

1. 登山って、大雪なんかの、大変な時に頼れるのは自分しかいないんです。つまり、____ ____ ____ ____です。
①の ②と ③戦い ④自分

2. 自分____ ____ ____ ____、死ぬこともある。
①に ②が ③甘さ ④あれば

3. だから、____ ____ ____ ____あきらめない強い心が要求される。
①決して ②場合 ③どんな ④でも

4. それを自分が持っている____ ____ ____ ____ですよね。一人だとそれができるから。 ①ん ②こと ③を ④確かめたい

正確順序 4312 ➡ 2143 ➡ 3214 ➡ 4321 ➡ 4213 ➡ 1324 ➡ 3241 ➡ 2341

self-questioning

自己當自己的說話對象 track C-26

針對每個句子提出問題，培養問問題的能力，不用出國也能隨時練習。

日文括號（　　）部分可以省略。

Section 1

1.

自問：子どもの時、だれに山に連れて行ってもらいましたか。（小時候，誰帶你登山的呢？）

自答：山は子どもの時によく父に連れて行ってもらいました。（小時候，父親時常帶我登山。）

2.

自問：お父さんはだれと山に登っていましたか。（您父親跟誰登山呢？）

自答：父は僕が大きくなるまではよく一人で登っていたそうです。（聽說在我還很小的時候，父親就經常獨自登山了。）

Section 2

1.

自問：だれと山に登るのが好きですか。（和誰一起登山很有意思？）

自答：仲間と登るのも楽しいけど、僕も、一人（で登るの）が好きです。（雖然和三五好友一起登山很有意思，但我也跟父親一樣，喜歡一個人〈登山〉。）

2.

自問：一人で登るのが好きな理由は、好きな時に登りたいからとか、自分の好きな速さで登りたいからですか。（喜歡一個人登山的理由是，方便隨時出發，或是可以按照自己的速度爬山嗎？）

自答：いいえ、別に、好きな時に登りたいからとか、自分の好きな速さで登りたいからというわけではありません。（不，這並不是因為方便隨時出發，或是可以按照自己的速度爬山。）

Section 3

1.

自問：登山って、どうして自分との戦いと言えるんですか。（登山為什麼可以說是一項自我挑戰呢？）

自答：登山って、大雪なんかの、大変な時に頼れるのは自分しかいないからです。それが、つまり、自分との戦いということです。（因為所謂的登山在面臨下大雪等等嚴峻的情況時，只能靠自己的力量來克服難關。換句話說，這是一項自我挑戰。）

2.

自問：一人で登山する時、自分に甘さがあれば、どうなりますか。（獨自一人登山時，自我要求不夠嚴格的話，會有什麼情況發生呢？）

自答：（自分に甘さがあれば、）死ぬこともあります。（〈如果自我要求不夠嚴格〉甚至可能葬身山林。）

3.

自問：一人で登山する時、どういう心が要求されますか。（獨自一人登山時，要有什麼心態？）

自答：どんな場合でも決してあきらめない強い心が要求されます。（無論何時何地都必須秉持一股絕不放棄的堅強意志。）

4.

自問：一人で登山するのは、何を確かめたいからですか。（獨自一人登山，是因為想確認什麼呢？）

自答：どんな場合でも決してあきらめない強い心を自分が持っていることを確かめたいからです。一人だとそれが確かめられますから。（我想確認的就是自己是否無論何時何地都擁有這樣的意志力。唯有獨自登山，才能檢驗一個人的真本事。）

self-questioning

短句變短文

這樣就可以串連句子，變成段落。不再只會です、ます結尾了。

❶ 山は、子どもの時によく父に連れて行ってもらいました。父も僕が大きくなるまではよく一人で登っていたそうです。

❷ 仲間と登るのも楽しいけど（←前後句內容對比「可是」，加入「けど」）、僕も、一人が好きですね。
別に、好きな時に登りたいからとか（←列舉「…啦」，加入「とか」）、自分の好きな速さで登りたいからというわけではないんですけど（←前後句內容對比「可是」，加入「けど」）。

❸ 登山って、大雪なんかの、大変な時に頼れるのは自分しかいないんです。つまり、自分との戦いです。自分に甘さがあれば（←假定條件「…的話」，加入「ば」）、死ぬこともある。だから、どんな場合でも決してあきらめない強い心が要求される。それを自分が持っていることを確かめたいんですよね。一人だとそれができるから。

短文變長文
一口氣溜一分鐘日語

track C-27

山は、子どもの時によく父に連れて行ってもらいました。父も僕が大きくなるまではよく一人で登っていたそうです。仲間と登るのも楽しいけど、僕も、一人が好きですね。別に、好きな時に登りたいからとか、自分の好きな速さで登りたいからというわけではないんですけど。登山って、大雪なんかの、大変な時に頼れるのは自分しかいないんです。つまり、自分との戦いです。自分に甘さがあれば、死ぬこともある。だから、どんな場合でも決してあきらめない強い心が要求される。それを自分が持っていることを確かめたいんですよね。一人だとそれができるから。

中文翻譯

小時候，父親時常帶我登山。聽說在我還很小的時候，父親就經常獨自登山了。雖然和三五好友一起登山很有意思，但我也跟父親一樣，喜歡一個人登山。這並不是因為方便隨時出發，或是可以按照自己的速度爬山，而是因為所謂的登山在面臨下大雪等等嚴峻的情況時，只能靠自己的力量來克服難關。換句話說，這是一項自我挑戰。如果自我要求不夠嚴格，甚至可能葬身山林。也因此，無論何時何地都必須秉持一股絕不放棄的堅強意志。我想確認的就是自己是否擁有這樣的意志力。唯有獨自登山，才能檢驗一個人的真本事。

Lesson 4 しんり 心理

看看下圖，你知道他們誰會赴約嗎？

這句話究竟是什麼意思呢？有時後對方說的只是客套話，不需要太認真。例如日本人在拒絕邀約時通常會用委婉的說法，聽到以下說法，可知他們都不會赴約喔！

情境 1

行けたら行くね。

能去的話就去。

情境 2

また連絡するね。

我再聯絡你喔。

情境 3

また次の機会に誘ってね。

下次有機會再邀請我喔。

情境 4

先約があって…。

我已經有約了……。

01 成為破冰達人

開啟話題的詞組地圖

從生活中找題材，就有聊不完的話題。關於地點還可以向四面八方延伸，動動腦開啟你的聯想力！

憤怒

a. 飽きることを知らない。（貪得無厭。）

b. 文句を言う。（抱怨。）

c. ストレスが溜まっている。（累積了不少壓力。）

d. あの男が憎らしい。（那男人真是可恨啊。）

哀傷

e. 丁寧なお詫びの言葉を頂きました。（收到恭敬有禮的道歉。）

f. 無駄な努力はない。（不會有白費的努力。）

其他情緒

g. ゲームに熱中する。（沈迷於電玩。）

h. 夢中になる。（入迷。）

i. 皆さんの努力に感心した。（大家的努力令人欽佩。）

j. 平気な顔をする。（一副蠻不在乎的樣子。）

02

文法六宮格

把生活放進句型裡，就有無限的話題。

幫你統整白天到晚上、一年四季都用得到的句子。請將六宮格裡的單字，填入 ☐ 中。

名詞 を／に 動詞て形（去て） ちゃった／じゃった ➡ …完

用「ちゃった、じゃった」統整看看一天之中不小心做了的事情吧！

① 清晨

歯磨き粉（はみがきこ）を／食（た）べ
牙膏／吃下

足（あし）を／踏（ふ）ん
腳／踩踏

② 上午

お皿（さら）を／割（わ）っ
盤子／打破

迷子（まいご）に／なっ
迷路／（變成）

③ 中午

ソフトクリームを／落（お）とし
霜淇淋／掉落

自信（じしん）を／無（な）くし
自信／沒有了

⑤ 晚上

パスワードを／忘（わす）れ
密碼／忘記

お酒（さけ）を／飲（の）ん
酒／飲用

一天

④ 下午

レポートを／やっ
報告／書寫

ドラマを／見（み）
電視劇／觀看

其他文法

將 ⬀ 標記的字填入**底線**中，練習說！

- **名詞；形容動詞詞幹**＋だといい（のに）なあ
- **[動詞・形容詞] 普通形現在形**＋といい（のに）なあ

…就好了

⬀ **もっと若（わか）くみえる** 看起來更年輕
⬀ **もっと稼（かせ）げる** 多賺一點
⬀ **実現（じつげん）できる** 可以實現

- もっと＋**動詞た形**＋たら…
- もっと＋**名詞・形容詞詞幹**＋だったら…
- もっと＋**形容詞た形**＋かったら…

要是…、如果…

⬀ **勉強（べんきょう）し** 讀書
⬀ **お金（かね）があっ** 有錢
⬀ **優（やさ）しくし** 溫柔對待

03 生活長對話

影子跟讀

像影子一樣的跟讀是讓口說突飛猛進的最佳良藥之一。先仔細聆聽會話，再模仿會話人物的聲調、語氣。

女性社員(じょせいしゃいん)：　困(こま)ったなあ。

男性社員(だんせいしゃいん)：　どうしたの。

女性社員(じょせいしゃいん)：　今日(きょう)は午後(ごご)１時(じ)から会議(かいぎ)なんだ。

男性社員(だんせいしゃいん)：　会議(かいぎ)か。大変(たいへん)だね。準備(じゅんび)できてないの。

女性社員(じょせいしゃいん)：　いや、それはもういいの。問題(もんだい)は、課長(かちょう)。

男性社員(だんせいしゃいん)：　どうしたの。

女性社員(じょせいしゃいん)：　終(お)わったらすぐに出張(しゅっちょう)に出発(しゅっぱつ)なんだけど。

男性社員(だんせいしゃいん)：　ああ、パリと…ロンドンだよね。

女性社員(じょせいしゃいん)：　英語(えいご)の資料(しりょう)はできたんだけど、フランス語(ご)のほうがまだ…。

男性社員(だんせいしゃいん)：　そりゃ、大変(たいへん)だ。出張(しゅっちょう)に持(も)って行(い)くって言(い)っていたからね。手伝(てつだ)おうか。

女性社員(じょせいしゃいん)：　悪(わる)いけど…。お願(ねが)いします。

對話中譯

女職員：真糟糕。
男職員：怎麼了？
女職員：今天下午１點要開會。
男職員：要開會哦，一定很累人。還沒準備好嗎？
女職員：不是，事前工作都完成了。問題是科長那邊……。
男職員：怎麼了？
女職員：會議一結束，科長就要啟程出差。
男職員：喔，要去巴黎和……倫敦吧。
女職員：英文版的文件已經準備好了，但是法文版的還沒做完……。
男職員：那可不妙。科長交代過出差時要帶去的，我幫妳吧。
女職員：真不好意思……麻煩你了！

04

生活短對話

聽聽短對話，還有哪些話題和說法呢？

先仔細聆聽會話，再模仿會話人物的聲調、語氣，像影子一樣跟著老師學習道地日語。

1

山田：　この店、困っちゃうよ。

花子：　どうしたの？

山田：　おいしいからね、少し高いのはいいんだ。でもまったくウエルカム感のない中で、「何飲む？」って聞かれて、「ビール」って答えると、お返事もなしだよ。で、常連さんとは楽しそうに喋っていて、このギャップはひどいよ。

花子：　まさか。

2

妹：　あ、この壺私が割っちゃったんだ。

兄：　あ〜あ、これ父さんのだよ。大切にしてんだぜ、父さん。毎日丁寧に拭いて。

妹：　どうしよう。

對話中譯

1. 山田：這家餐廳真是的。
   花子：怎麼了？
   山田：雖然價格有點貴，不過餐點很好吃，也就算了。問題是顧客上門，店家的態度非常冷淡。不僅用粗魯的口氣問我們「喝什麼？」，告知「啤酒」之後居然連應一聲也沒有，相反地卻和熟客有說有笑的。這樣的差別待遇實在太過分了。
   花子：太糟糕了。

2. 妹妹：啊，我把這個壺打破了！
   哥哥：完了，這是爸爸的耶！爸爸拿它當寶貝，天天都小心翼翼地擦拭。
   妹妹：怎麼辦呢……？

PRACTICE

05 自學就會的對話練習

把詞組套入對話中，馬上就會說！

同一個對話還有很多種變化，可以自己練習，或找朋友聊一聊，重點是一定要開口說。

1

お客さん：ちょっとこのバッグ①、見てくれますか。このまま使うのもみっともないし、捨てるよりしょうがないですか。

可以幫我看一下這個包包嗎？繼續這樣使用下去，好像有點不像樣，難道就只能丟了嗎？

2

店員：どれ、どれ。ああ、傷が入った②り、糸がほつれた③りしていて、直して④あげたいんだけど、これじゃね。

我看看。啊～這裡有刮痕，那裡也脫線了，雖然想幫妳修理，不過從這個慘狀看來…

3

お客さん：やっぱりそうですか。

果真沒救了是吧！

練習說

將單字依序填入上面對話的 中！

1
- ① iphone（蘋果手機）
- ② バッテリーが水に濡れた（電池進水）
- ③ 画面全体が割れた（螢幕整個龜裂有細痕）
- ④ 修復して（修復）

2
- ① 縫いぐるみ（布製玩偶）
- ② 鼻がはげた（鼻子表面剥落）
- ③ 布が色落ちした（布料褪色）
- ④ 補修して（修補）

4
- ① 眼鏡（眼鏡）
- ② つるが折れた（鏡架斷裂）
- ③ レンズが割れた（鏡片破碎）
- ④ 調整して（調整）

5
- ① 時計（錶）
- ② 竜頭が取れた（表把脫落）
- ③ 湿気が侵入した（進水起霧）
- ④ 修繕して（修好）

6
- ① ブーツ（靴子）
- ② カビが生えた（發霉）
- ③ つま先が破れた（鞋頭破洞）
- ④ 繕って（修理）

06

句子串聯

看出句子的關係，通順連接

參考下方例題，試著把句子串聯在一起，就能講出流暢的語句！

> **例：** 怪我する。練習は続きます。
>
> → たとえ怪我しても、練習は続きます。

お金をもらう。お化け屋敷には入らない。

→ ……………………………………………、……………………………………………。

死ぬ。おまえの仲間にはならん。

→ ……………………………………………………………………………………。

反対される。自分の選んだ道に進む。

→ ……………………………………………………………………………………。

提出問題

提出疑問，主動拉近距離

在對話時，「提問」是非常重要的能力。看看下方的回答，練習回推問句吧！

問 ……………………………………………………… (何時ごろ　都合　いい)

答 昼からいつでもいいですよ。

問 …………………………………………………… (ちょっと　手伝う　くれる)

答 いいよ。どうしたの。

問 ……………………………………………………………… (私　やる　もらう)

答 それでは、お願いします。

Answer 參考解答

句子串聯

たとえお金をもらっても、お化け屋敷には入らない。
たとえ死んでも、あなたの仲間にはならん。
たとえ反対されても、自分の選んだ道に進む。

提出問題

何時ごろが都合がいいですか。
ちょっと手伝ってくれる。
私にやらせてもらえませんか。

PRACTICE

07

即時應答

從應用到日檢

什麼情況下該說什麼話？日檢考題中不僅涵蓋了非常生活化的問題，應答之中也蘊含了日本曖昧的說話文化。現在就一起來了解！

1 女の人：今日は野球の試合なのに、雨だね。

男の人：1 うん。がっかりだよ。

2 うん。そっくりだよ。

3 うん。失敗だよ。

2 女の人：もっと丁寧に仕事をしてください。これじゃ困ります。

男の人：1 これで、かまいませんよ。

2 申し訳ありません。これから気をつけます。

3 これからも、よろしくお願いいたします。

3 女の人：国に帰ったら、まず、何がしたいですか。

男の人：1 母が待っています。

2 果物を食べます。

3 友だちに会いたいです。

4 女の人：田中君のことを考えると、頭が痛いよ。

男の人：1 薬を飲ませた方がいいね。

2 しかたがないよ。まだ若いんだから。

3 少し、頭を治そうか。

Answer 翻譯與解答

1 女士：今天是棒球比賽的日子，卻下雨了。
男士：①就是啊！真叫人失望！
2 就是啊！一模一樣啊！
3 就是啊！真失敗啊！

2 女士：請你做事更細心一點。這樣會造成我的困擾。
男士：1 這樣沒關係。
②非常抱歉，我以後會注意。
3 往後也請多加關照。

3 女士：回國的話，想做什麼？
男士：1 母親等著我。
2 吃水果。
③想與朋友見面。

4 女士：一想到田中，我就頭痛。
男士：1 給他吃點藥比較好喔。
②沒辦法，他還年輕嘛。
3 治一治頭痛吧。

08 自問自答練習

用自問自答方式，把自己當自己當說話對象，養成隨時用日語思考、對話的習慣，然後串連句子成段，一口氣溜一分鐘日語。

你的語順對了嗎？看圖練習

首先看看下面的插圖，請先挑戰旁邊的句子，把它組成通順的句子。

主題：「人と親しくなる方法」（和人親近的方法）

❶

1. 誰かと親しくなりたいと思ったら、まず、共通点を＿＿＿ ＿＿＿ ＿＿＿ ＿＿＿です。

   ①と　②見つける　③いい　④ん

2. たとえば、誕生日でも、好きな食べ物でも、映画でも、何でも、共通する＿＿＿ ＿＿＿ ＿＿＿ ＿＿＿親しくなれます。

   ①が　②あれば　③か　④何

❷

1. 私がアメリカに留学していた時も、韓国人＿＿＿ ＿＿＿ ＿＿＿ ＿＿＿、アジア人ととても仲が良くなりました。

   ①や　②人　③など　④台湾の

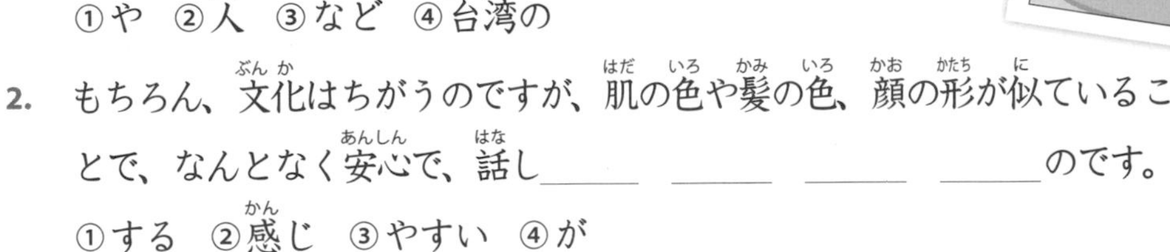

2. もちろん、文化はちがうのですが、肌の色や髪の色、顔の形が似ていることで、なんとなく安心で、話し＿＿＿ ＿＿＿ ＿＿＿ ＿＿＿のです。

   ①する　②感じ　③やすい　④が

❸

1. 一人、＿＿＿ ＿＿＿ ＿＿＿ ＿＿＿人がいましたが、その人のお母さんは、日本人でした。

   ①なった　②とても　③アメリカ　④親しく

2. やっぱり、＿＿＿ ＿＿＿ ＿＿＿ ＿＿＿あったんですね。

   ①かしら　②が　③何　④共通点

正確順序 2134 ➡ 4312 ➡ 1423 ➡ 3241 ➡ 2413 ➡ 3142

self-questioning

自己當自己的說話對象 track C-35

針對每個句子提出問題，培養問問題的能力，不用出國也能隨時練習。

日文括號（　）部分可以省略。

Section 1

1.

自問： 誰かと親しくなりたいと思ったら、どうすればいいですか。（如果想縮短和某人之間的距離，該如何是好？）

自答： （誰かと親しくなりたいと思ったら、）まず、共通点を見つけるといいです。（〈如果想縮短和某人之間的距離〉可以先尋找彼此的共通點。）

2.

自問： たとえば、どんな共通点があれば親しくなれますか。（譬如，什麼樣的共通點能夠拉近距離呢？）

自答： たとえば、誕生日でも、好きな食べ物でも、映画でも、何でも、共通する何かがあれば親しくなれます。（譬如，生日、喜歡的食物或電影，什麼都好，只要找到共通點就能拉近距離。）

Section 2

1.

自問： アメリカに留学していた時、どんな人と仲が良くなりましたか。（在美國留學的時候，都和什麼樣的人親近呢？）

自答： （アメリカに留学していた時、）韓国人や台湾の人など、アジア人ととても仲が良くなりました。（〈我在美國留學的時候〉很快就和來自韓國及台灣等等亞洲國家的人結為朋友。）

2.

自問： どうしてアジア人の友だちがたくさんできましたか。（為什麼有許多亞洲朋友？）

自答： もちろん、文化はちがうのですが、肌の色や髪の色、顔の形が似ていることで、なんとなく安心で、話しやすい感じがするからです。（ですから、アジア人の友だちがたくさんできました。）（當然，各國文化不同，但是由於膚色、髮色和臉型相像的關係，減少了陌生感，也容易打開話匣子。〈因此，我有許多亞洲朋友。〉）

Section 3

1.

自問： 親しくなったアメリカ人がいましたか。（要好的朋友中，有美國人嗎？）

自答： はい、一人、とても親しくなったアメリカ人がいましたが、その人のお母さんは、日本人でした。（有的。有一個很要好的美國朋友，不過他的母親是日本人。）

2.

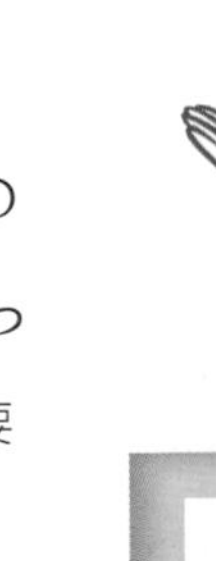

自問： そのアメリカ人と親しくなったのは、その人のお母さんが日本人だったからですか。（能與那位美國朋友要好，是否是因為他母親是日本人呢？）

自答： はい、やっぱり、何かしら共通点があったからでしょう。（是的。畢竟，還是要有某些共通點才容易變熟。）

短句變短文

這樣就可以串連句子，變成段落。不再只會です、ます結尾了。

❶ 誰かと親しくなりたいと思ったら（←條件「要是…」，加入「たら」）、まず、共通点を見つけるといいんです。たとえば、誕生日でも（←列舉「之類的…」，加入「でも」，後面亦同）、好きな食べ物でも、映画でも、何でも、共通する何かがあれば親しくなれます。

❷ 私がアメリカに留学していた時も（←同類追加「也」，加入「も」）、韓国人や台湾の人など（←列舉「和…等」，加入「～や～など」）、アジア人ととても仲が良くなりました。もちろん、文化はちがうのですが（←前後句內容對比「可是」，加入「が」）、肌の色や髪の色、顔の形（←刪去「など」）が似ていることで（←原因「因為」，加入「で」）、なんとなく安心で（←並列「だ」改成「で」）、話しやすい感じがするのです。ですから、アジア人の友だちがたくさんできました。

❸ 一人、とても親しくなったアメリカ人がいましたが（←前置詞展開話題，加入「が」）、その人のお母さんは、日本人でした。やっぱり、何かしら共通点があったんですね。

短文變長文
一口氣溜一分鐘日語

track 36

誰かと親しくなりたいと思ったら、まず、共通点を見つけるといいんです。たとえば、誕生日でも、好きな食べ物でも、映画でも、何でも、共通する何かがあれば親しくなれます。私がアメリカに留学していた時も、韓国人や台湾の人など、アジア人ととても仲が良くなりました。もちろん、文化はちがうのですが、肌の色や髪の色、顔の形が似ていることで、なんとなく安心で、話しやすい感じがするのです。ですから、アジア人の友だちがたくさんできました。一人、とても親しくなったアメリカ人がいましたが、その人のお母さんは、日本人でした。やっぱり、何かしら共通点があったんですね。

中文翻譯

如果想縮短和某人之間的距離，可以先尋找彼此的共通點。不妨聊聊生日、喜歡的食物或電影，什麼都好，只要找到共通點就能拉近距離。我在美國留學的時候，很快就和來自韓國及台灣等亞洲國家的人結為朋友。當然，各國文化不同，但是由於膚色、髮色和臉型相像的關係，減少了陌生感，也容易打開話匣子。因此，我有許多亞洲朋友，只有一個很要好的美國朋友，不過他的母親是日本人。畢竟，還是要有某些共通點才容易變熟。

Lesson 5

じゅうきょ、ちり 住房、地理

看看下圖，還有哪些日常對話呢？

居住環境和場域是人們 24 小時頻繁接觸的事物，居住環境、鄰里關係、地方特色都是值得深入討論，也非常容易引起共鳴的話題。

情境 1

清潔(せいけつ)に保(たも)ちましょう。

請保持清潔。

情境 2

トイレが詰(つ)まった。

馬桶阻塞了。

情境 3

東北出身(とうほくしゅっしん)です。

來自東北地方。

情境 4

故郷(こきょう)を離(はな)れる。

離開故鄉。

01 成為破冰達人

開啟話題的詞組地圖

從生活中找題材，就有聊不完的話題。關於地點還可以向四面八方延伸，動動腦開啟你的聯想力！

居住

a. 楽(たの)しく暮(く)らす。(過著快樂的生活。)

b. 引(ひ)っ越(こ)しをする。(搬家。)

c. 間取(まど)りがいい。(隔間佳。)

d. 留守番(るすばん)をする。(看家。)

e. ベランダの花(はな)が次々(つぎつぎ)に咲(さ)く。(陽台上的花兒一朵朵綻放。)

地域

f. コースを変(か)える。(改變路線。)

g. 一箇所間違(いっかしょまちが)える。(一個地方錯了。)

h. 世(よ)の中(なか)の動(うご)きを知(し)る。(知曉世局變化。)

i. 近所(きんじょ)で工事(こうじ)が行(おこな)われる。(這附近將進行施工。)

j. あたりを見回(みまわ)す。(環視周圍。)

02 文法九宮格

把生活放進句型裡，就有無限的話題。

幫你統整白天到晚上、一年四季都用得到的句子。請將六宮格裡的單字，填入□中。

時間；場所 （で／に） 名詞 を 動詞辭書形；動詞否定形 ように ➡ 請…在…

住在公寓或宿舍，為了大家的生活品質，總有很多事要格外注意。這次就用「ように」來看一看住宿公約吧！

住戶守則

① 噪音

深夜に／掃除機／かけない
在深夜／吸塵器／不使用

遅い時間に／騒音／出さない
在深夜／噪音／不發出

② 音量

廊下で／足音／立てない
在走廊／腳步聲／放輕

早朝に／楽器／弾かない
在清晨／樂器／不彈奏

③ 垃圾

夜に／ゴミ／出さない
在晚上／垃圾／不倒

出す前に／ゴミ／選り分ける
在丟棄之前／垃圾／分類

④ 動植物

部屋で／ペット／飼わない
在房間／寵物／不養

共用部分で／植物／育てない
在公共場所／植物／不種

⑤ 心理

ご近所に／迷惑／かけない
鄰居／困擾／不造成

毎日／郵便受け／確認する
每天／郵箱／確認

⑥ 私人物品

決まった場所に／自転車／止める
在規定場所／腳踏車／停放

階段に／私物／置かない
在樓梯／私人物品／不堆放

⑦ 吸菸

共有スペースで／タバコ／吸わない
在公共空間／香菸／不抽

外に／吸い殻／捨てない
往外面／菸蒂／不亂丟

⑧ 育兒

玄関の前に／ベビーカー／置かない
在玄關外／嬰兒車／不放置

通路で／子ども／遊ばせない
在通道上／孩子／不讓玩耍

其他文法

- 句子＋わ
  …啊、…呢、…呀

將 ⬀ 標記的字填入**底線**中，練習說！

⬀ 明るい部屋だ
採光良好的房間

⬀ 便利な場所だ
方便的地方

⬀ 静かな町だ
寧靜的小鎮

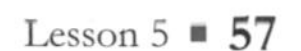

03 生活長對話

影子跟讀

像影子一樣的跟讀是讓口說突飛猛進的最佳良藥之一。先仔細聆聽會話，再模仿會話人物的聲調、語氣。

妻(つま)：ねえ、このマンション、素敵(すてき)だわ。

夫(おっと)：そうだね、公園(こうえん)が近(ちか)くにあって、静(しず)かな環境(かんきょう)だし、値段(ねだん)もまあまあだし。

妻(つま)：でも、もう残(のこ)りの戸数(こすう)が少(すく)ないから、急(いそ)がないと。

夫(おっと)：この角部屋(かどべや)はやめよう。空(あ)き巣(す)に狙(ねら)われやすいから。

妻(つま)：大(おお)きな庭(にわ)のある、そっちのほうにしない？公園(こうえん)もよく見(み)えるほう。

夫(おっと)：でも、夜(よる)になって人通(ひとどお)りが少(すく)ない時(とき)なんか、危(あぶ)ないよ。

妻(つま)：セキュリティを付(つ)ければいいじゃない。

夫(おっと)：でもこれから何十年(なんじゅうねん)も住(す)むんだから、やはり管理人室(かんりにんしつ)が近(ちか)いほうがいいんじゃない。

妻(つま)：そうねえ。

對話中譯

妻：你看這棟大廈，感覺很不錯呢。

夫：是啊。附近就有公園，環境幽靜，價格也算公道。

妻：可是剩下的戶數不多了，得快點下訂才行。

夫：邊間就算了吧，容易成為闖空門的目標。

妻：要不要選那種有大庭院的房子？有公園景觀的戶型。

夫：可是那種戶型入夜後人煙稀少，不安全吧。

妻：安裝保全系統就好了嘛。

夫：房子一買就要住上幾十年，還是選靠近警衛室的比較好吧。

妻：有道理。

04 生活短對話

聽聽短對話，還有哪些話題和說法呢？

先仔細聆聽會話，再模仿會話人物的聲調、語氣，像影子一樣跟著老師學習道地日語。

1

女性：　ソファは窓を向いたところ。テレビは壁の近くに置こうかな。

男性：　よーし。じゃ、動かすぞ。

二人：　よいしょ。

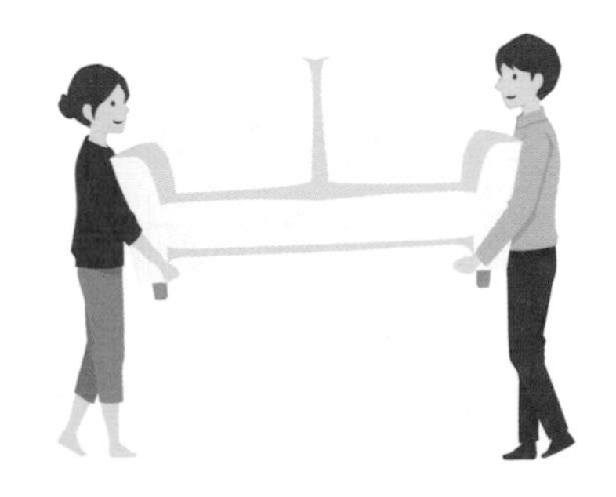

2

大家：　ゴミの捨て方ですが、月曜日と木曜日は、燃えるゴミですよ。

で、第2、第4火曜日が燃えないゴミで…

住人：　あのう、カイロは燃えるゴミですか。燃えないゴミですか。

大家：　ああ、カイロの中身は鉄の粉だから、燃えないゴミですよ。

對話中譯

1. 女士：沙發要擺在面窗的位置，電視放在牆壁旁邊好了。

男士：好，那就搬囉。

兩人：嘿咻！

2. 女房東：關於丟垃圾的規定，星期一和星期四是可燃垃圾喔，然後第２個和第４個星期二是不可燃垃圾……。

男房客：請問一下，暖暖包是可燃垃圾還是不可燃垃圾呢？

女房東：哦，暖暖包裡面是鐵粉，屬於不可燃垃圾喔。

PRACTICE

05 自學就會的對話練習

把詞組套入對話中，馬上就會說！

同一個對話還有很多種變化，可以自己練習，或找朋友聊一聊，重點是一定要開口說。

1
観光客（かんこうきゃく）：すみません、この近（ちか）くに銀行（ぎんこう）がありますか。

不好意思，請問這附近有銀行嗎？

2
地元民（じもとみん）：ええ。このまま行（い）くと、大（おお）きな［バス停（てい）］①がありますね。

有的，從這裡往前直走，會有一個大公車站。

3
観光客（かんこうきゃく）：ああ、はい。

欸，好的。

4
地元民（じもとみん）：ええ。その［手前（てまえ）］②の［T字路（ティじろ）］③を右（みぎ）に入（はい）って［大通（おおどお）り］④に出（で）る角地（かどち）にあります。

嗯嗯。在快到公車站前的T字路口右轉，一直走到大馬路，銀行就在那個交叉口。

練習說

將單字依序填入上面對話的□中！

1
① 交差点（こうさてん）（十字路口）
② 目の前（めのまえ）（眼前）
③ 坂道（さかみち）（坡道）
④ 広い道路（ひろいどうろ）（寬敞大路）

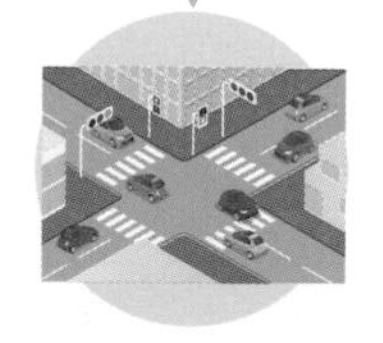

2
① 時計塔（とけいとう）（鐘塔）
② 隣（となり）（隔壁）
③ 狭い通り（せまいとおり）（小徑）
④ 表通り（おもてどおり）（主幹道）

3
① ビジネスビル（商業大樓）
② 横（よこ）（旁邊）
③ 商店街（しょうてんがい）（商店街）
④ 大路（おおじ）（大道）

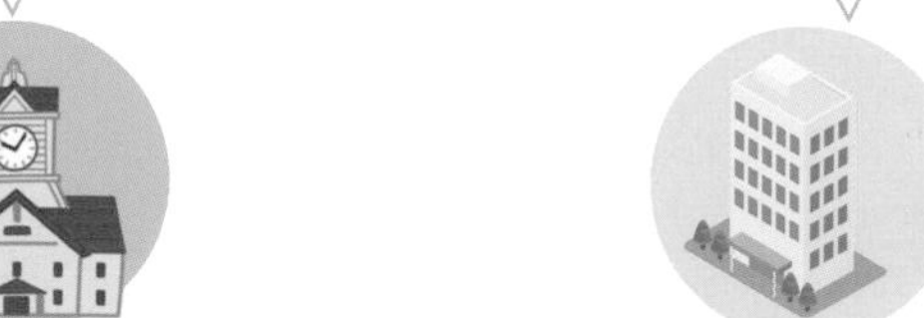

4
① 分かれ道（わかれみち）（岔路）
② 傍ら（かたわら）（旁邊）
③ 狭い通路（せまいつうろ）（狹窄道路）
④ 広い通り（ひろいとおり）（寬闊街道）

5
① 二筋道（ふたすじみち）（分叉路）
② すぐそば（就在附近）
③ 階段道（かいだんみち）（階梯道路）
④ 道路（どうろ）（道路）

06

句子串聯

看出句子的關係，通順連接

參考下方例題，試著把句子串聯在一起，就能講出流暢的語句！

例：自動車事故。体の自由を失った。
→ 自動車事故により、体の自由を失った。

地震。500人以上の貴い命が奪われました。

→ ……………………により、……………………。

台風。サーフィン大会が延期になった。

→ ……………………………………………。

雨。大きな被害が出ました。

→ ……………………………………………。

提出問題

提出疑問，主動拉近距離

在對話時，「提問」是非常重要的能力。看看下方的回答，練習回推問句吧！

問 ……………………………… (水族館の中　飲み物　飲む)

答 休憩コーナー以外の場所ではご遠慮ください。

問 ……………………………… (この辺　ある　ジャズ喫茶)

答 それなら、そこの角の店がそうですよ。

問 ……………………………… (大阪行き　バス　乗り場)

答 駅の左側にあります。

Answer 參考解答

句子串聯

地震により、500人以上の貴い命が奪われました。
台風により、サーフィン大会が延期になった。
雨により、大きな被害が出ました。

提出問題

水族館の中で飲み物を飲んでもいいですか。
この辺にあるジャズ喫茶はどこですか。
大阪行きのバスの乗り場はどこですか。

PRACTICE

07

即時應答

從應用到日檢

什麼情況下該說什麼話？日檢考題中不僅涵蓋了非常生活化的問題，應答之中也蘊含了日本曖昧的說話文化。現在就一起來了解！

1 女の人：これ、しまっておいてくれる？

男の人：1　難しい問題ですね。

2　はい。知っていました。

3　はい。この引き出しでいいですか。

2 女の人：ここに座ってもよろしいですか。

男の人：1　ええ、かまいませんよ。

2　ええ、よろしくどうぞ。

3　いいえ、よろしいですよ。

3 女の人：来週の日曜日にお宅に伺ってもいいですか。

男の人：1　はい、伺ってください。

2　何か聞きたいことがありますか。

3　はい。お待ちしています。

4 女の人：暑いですね。窓を開けませんか。

男の人：1　ええ、窓を開けません。

2　ええ、窓を閉めません。

3　ええ、開けましょう。

1 女士：這個，可以幫我收起來嗎？
男士：1 這是很難的問題呢。
2 好的。我早就知道了。
③好的。放在這個抽屜裡可以嗎？

2 女士：請問這裡可以坐嗎？
男士：①沒問題，請坐。
2 是的，勞駕您了。
3 不，可以喔。

3 女士：請問下週日方便到您府上拜訪嗎？
男士：1 好的，請來我府上。
2 有什麼想問的事嗎？
③好的，恭候大駕。

4 女士：好熱啊。要不要開窗？
男士：1 好，不開窗。
2 好，不關窗。
③好，開窗吧。

08 自問自答練習

用自問自答方式，把自己當自己當說話對象，養成隨時用日語思考、對話的習慣，然後串連句子成段，一口氣溜一分鐘日語。

你的語順對了嗎？看圖練習

首先看看下面的插圖，請先挑戰旁邊的句子，把它組成通順的句子。

主題：「美術館のご紹介」（美術館介紹）

①

1. この美術館では、作品がガラスケースに入っていません。手で触っても______ ______ ______ ______いるのです。
   ①こと　②に　③いい　④なって
2. お子さんにも、赤ちゃんにも、______ ______ ______ ______。
   ①ください　②あげて　③どんどん　④触らせて

②

1. また、靴を______ ______ ______ ______もあります。
   ①中に　②作品　③入れる　④脱いで
2. 中に______ ______ ______ ______がわからないかもしれませんね。
   ①素晴らしさ　②入らない　③その　④と
3. 写真______ ______ ______、______かまいません。
   ①スケッチ　②もちろん　③も　④や
4. ただ、他のお客さま______ ______ ______ ______してください。
   ①の　②ならない　③ように　④じゃまに

③

1. 美術館の中______ ______ ______ ______、喫煙所もありません。
   ①から　②禁煙　③は　④です
2. 食べる場所は、______ ______ ______、______、売店と食堂があります。そこでお願いします。
   ①レストラン　②地下に　③と　④２階の

正確順序 3124 ➡ 3421 ➡ 4132 ➡ 2431 ➡ 4132 ➡ 1423 ➡ 3241 ➡ 4132

self-questioning

自己當自己的說話對象 track C 44

針對每個句子提出問題，培養問問題的能力，不用出國也能隨時練習。

日文括號（　）部分可以省略。

Section 1

1.

自問：この美術館では、作品に触ってもいいですか。（請問在這座美術館裡，可以用手觸碰作品嗎？）

自答：はい。触ってもいいです。この美術館では、作品がガラスケースに入っていません。手で触ってもいいことになっているからです。（是的，可以用手觸摸。這座美術館裡的藝術品都沒有放在玻璃展示櫃裡，就是為了讓參觀者可以用手直接觸摸。）

2.

自問：子どもや赤ん坊でも、作品に触ってもいいのですか。（請問兒童和嬰孩也可以觸摸作品嗎？）

自答：はい、お子さんにも、赤ちゃんにも、どんどん触らせてあげてください。（是的，不論是兒童或是嬰孩，全都歡迎盡情觸摸。）

Section 2

1.

自問：靴を脱いで中に入れる作品もあるそうですね。（是否有些作品需要脫鞋才能進去參觀？）

自答：はい、（靴を脱いで中に入れる作品も）あります。（是的，有些〈作品需要脫鞋才能進去參觀〉。）

2.

自問：どうして靴を脱いで中に入るんですか。（請問為什麼要脫鞋進去裡面呢？）

自答：中に入らないとその素晴らしさがわからないかもしれませんから。（如果不親自進去裡面，恐怕無法體會其優美之處。）

3.

自問：写真やスケッチもかまいませんか。（也可以拍照或寫生嗎？）

自答：はい、写真やスケッチも、もちろんかまいません。（是的，當然也可以拍照或寫生。）

4.

自問：写真やスケッチの時、どんなことに注意したらいいですか。（請問在拍照或寫生的時候，應當注意什麼事項呢？）

自答：他のお客さまのじゃまにならないようにすることです。（請避免影響其他客人的權益。）

Section 3

1.

自問：美術館に喫煙所がありますか。（美術館裡有抽煙處嗎？）

自答：いいえ、美術館の中は禁煙ですから、喫煙所はありません。（沒有，美術館裡禁菸，因此沒有抽煙處。）

2.

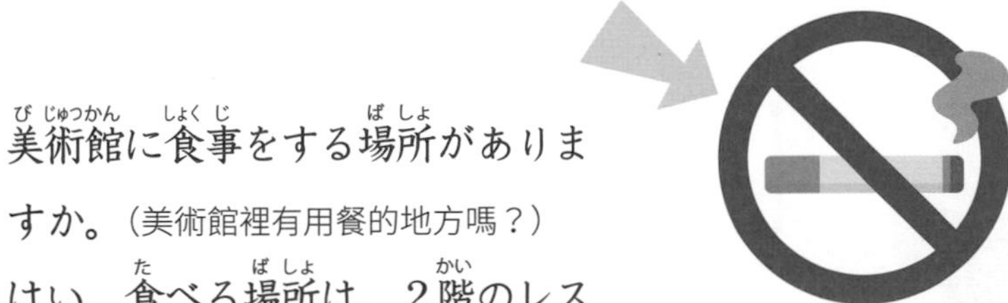

自問：美術館に食事をする場所がありますか。（美術館裡有用餐的地方嗎？）

自答：はい、食べる場所は、２階のレストランと、地下に、売店と食堂があります。そこでお願いします。（有的，可以用餐的地方有２樓的餐廳，以及地下室的小賣部和食堂。請在那裡用餐。）

self-questioning

短句變短文

這樣就可以串連句子，變成段落。不再只會です、ます結尾了。

❶ この美術館では、作品がガラスケースに入っていません。手で触ってもいいことになっているのです。お子さんにも（←強調「也同樣」，加入「にも」，後面亦同）、赤ちゃんにも、どんどん触らせてあげてください。

❷ また、靴を脱いで中に入れる作品もあります。中に入らないとその素晴らしさがわからないかもしれませんね。写真やスケッチも（←列舉「或…也」，加入「や…も」）、もちろんかまいません。ただ、他のお客さまのじゃまにならないようにしてください。

❸ 美術館の中は禁煙ですから（←原因「因為」，加入「から」）、喫煙所もありません。食べる場所は、２階のレストランと（←名詞的並列「和」，加入「と」）、地下に、売店と食堂があります。そこでお願いします。

短文變長文
一口氣溜一分鐘日語

この美術館では、作品がガラスケースに入っていません。手で触ってもいいことになっているのです。お子さんにも、赤ちゃんにも、どんどん触らせてあげてください。また、靴を脱いで中に入れる作品もあります。中に入らないとその素晴らしさがわからないかもしれませんね。写真やスケッチも、もちろんかまいません。ただ、他のお客さまのじゃまにならないようにしてください。美術館の中は禁煙ですから、喫煙所もありません。食べる場所は、２階のレストランと、地下に、売店と食堂があります。そこでお願いします。

中文翻譯

這座美術館裡的藝術品都沒有放在玻璃展示櫃裡，就是為了讓參觀者可以用手直接觸摸。不論是兒童或是嬰孩，全都歡迎盡情觸摸。有些作品需要脫鞋才能進去參觀。如果不親自進去裡面，恐怕無法體會其優美之處。當然也可以拍照或寫生，但必須在避免影響其他客人的權益下。美術館裡禁菸，因此沒有抽煙處。可以用餐的地方有２樓的餐廳，以及地下室的小賣部和食堂。請在那裡用餐。

Lesson 6 しょくじ 用餐

看看下圖，你平時用餐的喜好是如何呢？

不論是一個人還是和人相處總是要吃飯，一起享用美食不但能拉近人與人的距離，談論美食也是不可或缺的話題。

情境 1

彼女と同じものにします。

我也和她點一樣的。

情境 2

和風ドレッシングにします。

我要和風醬汁。

情境 3

レアでお願いします。

麻煩煎成五分熟。

情境 4

ひどい味です。

味道很差。

01 成為破冰達人

開啟話題的詞組地圖

從生活中找題材，就有聊不完的話題。關於地點還可以向四面八方延伸，動動腦開啟你的聯想力！

食材、味道

a. 梅干しはすっぱいに決まっている。
（梅乾當然是酸的。）

b. インスタントコーヒーを飲む。
（喝即溶咖啡。）

c. 酢を入れる。（加入醋。）

d. サラダにドレッシングをかける。
（把醬汁淋到沙拉上。）

e. ケチャップをつける。（沾番茄醬。）

f. 味噌が腐る。（味噌發臭。）

g. 卵を割る。（打破蛋。）

h. りんごを剥く。
（削蘋果皮。）

用餐

i. 食後に薬を飲む。（飯後服用藥物。）

j. 食事のマナーが悪い。（餐桌禮節很差。）

k. コップを下げる。（收走杯子。）

l. コーヒーを溢す。（咖啡溢出來了。）

02 文法六宮格

把生活放進句型裡，就有無限的話題。

幫你統整白天到晚上、一年四季都用得到的句子。請將六宮格裡的單字，填入 ▭ 中。

名詞 を **動詞使役形** いただきます

➡ 請允許我…、請讓我…

到餐廳用餐或瀏覽餐廳網頁時，時常可見禮貌的「いただきます」用法，句子看似攏長，其實掌握文法一點也不難！

1 用餐

お店（みせ）／利用（りよう）させて
餐廳／（讓我）用餐

ご朝食（ちょうしょく）／提供（ていきょう）させて
早餐／（讓我為您）提供

2 點餐

お料理（りょうり）／紹介（しょうかい）させて
佳餚／讓我為您介紹

ご注文（ちゅうもん）／確認（かくにん）させて
您的點餐／讓我確認

3 營業

下記（かき）の日程（にってい）／臨時休業（りんじきゅうぎょう）させて
以下日期／（讓我）暫停營業

営業（えいぎょう）／再開（さいかい）させて
營業／（讓我）重新開始

4 公告

営業日（えいぎょうび）／変更（へんこう）させて
營業日期／（讓我）變更

休（やす）み／お知（し）らせさせて
休假／（讓我）告知

5 休業

お食事提供（しょくじていきょう）／お休（やす）みさせて
供餐／（讓我）停歇

メニューのご提供（ていきょう）／休止（きゅうし）させて
供餐／（讓我）停止提供

餐廳

其他文法

將 ⇗ 標記的字填入底線中，練習說！

● 名詞＋に／を＋動詞使役形＋くれました

請允許我…、請讓我…

⇗ 名物（めいぶつ）を／食（た）べさせて
名產／讓我享用

⇗ 幸（しあわ）せに／ならせて
幸福／讓我感到

⇗ 悩（なや）みを／忘（わす）れさせて
煩惱／讓我忘卻

● 名詞＋を＋動詞使役形＋もらいました

請允許我…、請讓我…

⇗ ビール工場（こうじょう）／見学（けんがく）させて
啤酒工廠／讓我參觀

⇗ トイレ／利用（りよう）させて
廁所／讓我借用

⇗ 試作品（しさくひん）／味見（あじみ）させて
試做菜色／讓我試吃

03 生活長對話

影子跟讀

像影子一樣的跟讀是讓口說突飛猛進的最佳良藥之一。先仔細聆聽會話，再模仿會話人物的聲調、語氣。

里子：私は、じゃがいもは入れないで、野菜だけで作るわよ。

清太：へえ。肉は？

里子：豚肉。エビとか、イカを入れるときもあるわ。

清太：ぼくは、牛肉だな。よーく煮た牛肉と、大きめに切った野菜で作るんだ。

里子：うんうん。お肉も野菜も長いこと煮るとおいしいよね。

清太：うちなんか、たくさん作って、次の日も食べるよ。

里子：でも私、あまり辛いのは苦手。

清太：ふうん。じゃ、インドに旅行したときは、何を食べてたの。

里子：あまり辛くないのを注文したわ。

對話中譯

里子：我烹煮時不放馬鈴薯，只用蔬菜喔。
清太：是哦。肉呢？
里子：豬肉。有時也用蝦子或墨魚。
清太：我都用牛肉。會加入燉透的牛肉和切塊的蔬菜。
里子：對對對！肉和蔬菜都是燉得愈久愈好吃。
清太：我們家都會一次做很多，隔天繼續吃。
里子：可是我不太能吃辣。
清太：是哦？那妳去印度旅行的時候都吃些什麼？
里子：我都點小辣的呀。

04

生活短對話

聽聽短對話，還有哪些話題和說法呢？

先仔細聆聽會話，再模仿會話人物的聲調、語氣，像影子一樣跟著老師學習道地日語。

1

妻(つま)：今日(きょう)は、疲(つか)れたわねえ。ラーメンかイタリアンでも食(た)べていこうか。

夫(おっと)：えーっ、夕食(ゆうしょく)にラーメンか。ちょっとなあ。イタリアンねぇ…もうちょっとさっぱりしたものがいいよ。

妻(つま)：いいよ。もう。帰(かえ)れば冷蔵庫(れいぞうこ)に何(なに)かあるし。魚(さかな)でも焼(や)くから。

夫(おっと)：よし、そうしよう。

2

櫻子(さくらこ)：今日(きょう)は、おいしいと評判(ひょうばん)の有名(ゆうめい)なケーキ屋(や)さんで、すごくおいしいケーキを買(か)ってきたわ。30分(ぷん)も歩(ある)いて行(い)ってきたの。

智也(ともや)：へえ。で、ケーキ買(か)えたの？

櫻子(さくらこ)：みんな並(なら)んで買(か)っていたけど、なんとか2個(こ)買(か)えたわ。

智也(ともや)：よかったじゃない。食(た)べようよ。

對話中譯

1. 妻：今天真的好累喔。吃碗拉麵或義大利料理再走吧。
   夫：不會吧，晚餐吃拉麵？不太想吃那個耶。義大利料理哦……我想吃清淡一點的。
   妻：算了啦，討厭。回家去翻一翻冰箱裡還有什麼菜，不然幫你烤條魚吧。
   夫：好！就這麼辦。

2. 櫻子：今天我去知名的美味蛋糕店買非常好吃的蛋糕喔。足足走了30分鐘才到呢。
   智也：真的哦。然後呢，買到了嗎？
   櫻子：排了好長的人龍，好不容易才買到2個。
   智也：太好了，我們快來吃吧！

PRACTICE

05 自學就會的對話練習

把詞組套入對話中，馬上就會說！

同一個對話還有很多種變化，可以自己練習，或找朋友聊一聊，重點是一定要開口說。

1 息子（むすこ）：おかあさん、この野菜（やさい）①の食べ方（たべかた）を教え（おしえ）てくれる？

媽，可以告訴我這個蔬菜要怎麼吃嗎？

2 母（はは）：これは、まずゆでて②、細かく（こまかく）刻んで（きざんで）③…

這個啊，要先川燙，再切碎……

3 息子（むすこ）：それで。

然後呢？

4 母（はは）：食器（しょっき）に移し（うつし）て、醤油（しょうゆ）④をかけて、サラダ⑤にするといいよ。

放到盤子裡，淋上醬油，作成沙拉來吃，味道很不錯喔。

練習說

將單字依序填入上面對話的□中！

1
① 牛蒡（ごぼう）（牛蒡）
② 千切り（せんぎり）にして（切絲）
③ 炒め（いため）て（炒軟）
④ 白（しろ）ごま（白芝麻）
⑤ ごぼうの塩炒め（しおいため）（鹽炒牛蒡）

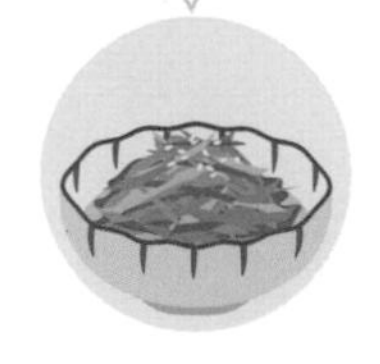

2
① 松茸（まつたけ）（松茸）
② 中開き（なかびらき）にして（從中間切開）
③ 焼い（やい）て（翻烤）
④ 塩（しお）（鹽）
⑤ 焼き（やき）松茸（まつたけ）（烤松茸）

3
① 鰻（うなぎ）（鰻魚）
② 味付け（あじつけ）（調味）
③ 加熱（かねつ）して（加熱）
④ 山椒（さんしょう）（山椒）
⑤ うなぎの蒲焼（かばやき）（蒲燒鰻魚）

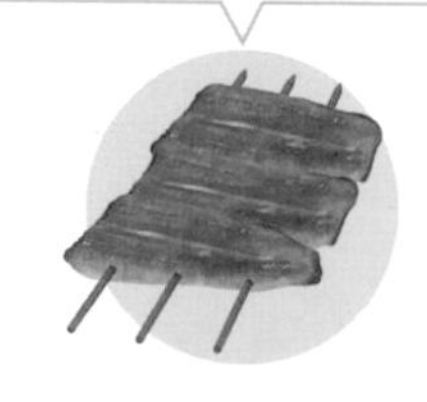

4
① 鶏（とり）もも肉（にく）（雞腿肉）
② 衣（ころも）をまぶして（裹上麵衣）
③ 揚げ（あげ）て（酥炸）
④ レモン（檸檬汁）
⑤ 唐揚げ（からあげ）（日式炸雞）

06

句子串聯

看出句子的關係，通順連接

參考下方例題，試著把句子串聯在一起，就能講出流暢的語句！

> **例：** 美味しくない。体のために食べたほうがいい。
>
> → 美味しくないにしても、体のために食べたほうがいい。

見かけは悪い。食べれば味は同じですよ。

→ ....にしても、..。

まずい。彼女の料理は全部食べなければならない。

→ ....。

嫌いな食べ物。残したらいけない。

→ ....。

回答問題

聆聽疑問，精準回答

當對方向我們提出疑問，和我們拉近關係時，我們也要能準確回答問題。看看下方的問句，練習回答看看吧！

問　これ、冷蔵庫にしまっときましょうか。

答　そうね。..。（腐る　いけない　から）

問　コーヒーをもう一杯いかがですか？

答　いいえ、..。（もう　十分　いただく）

問　ここに座ってもよろしいですか。

答　すみません。..。（この席　空く）

Answer 參考解答

句子串聯

見かけは悪いにしても、食べれば味は同じですよ。
まずいにしても、彼女の料理は全部食べなければならない。
嫌いな食べ物にしても、残したらいけない。

回答問題

そうね。腐るといけないから。
いいえ、もう十分いただきました。
すみません。この席は空いてないんです。

PRACTICE

07 即時應答

從應用到日檢

什麼情況下該說什麼話？日檢考題中不僅涵蓋了非常生活化的問題，應答之中也蘊含了日本曖昧的說話文化。現在就一起來了解！

1 男の人：冷たいうちにどうぞ。

女の人：1　いただきます。…ああ、あたたかくておいしいです。

2　いただきます。…ああ、冷たくておいしいです。

3　いただきます。…ああ、体が温かくなりました。

2 男の人：もう一杯、いかがですか。

女の人：1　もう結構です。十分いただきました。

2　まだ結構です。もう一杯だけです。

3　ありがとう。そうしてください。

3 男の人：そのお菓子、お口に合いましたか。

女の人：1　はい、とてもおいしかったです。

2　はい、ちょうどいい大きさでした。

3　はい、おもしろいお話でした。

4 男の人：どうぞ遠慮なく召し上がってください。

女の人：1　はい、遠慮させていただきます。

2　はい、いただきます。

3　いいえ、遠慮はしません。

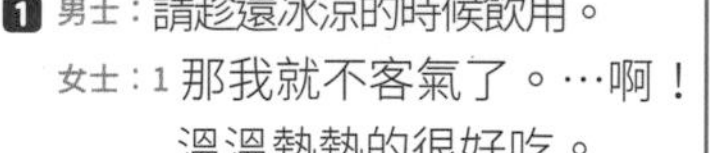

Answer 翻譯與解答

1 男士：請趁還冰涼的時候飲用。

女士：1 那我就不客氣了。…啊！溫溫熱熱的很好吃。

②那我就不客氣了。…啊！冰冰涼涼的很好吃。

3 那我就不客氣了。…啊！身體暖和起來了。

2 男士：要不要再來一杯呢？

女士：①喝夠了。已經喝很多了。

2 我還沒喝夠，再給我一杯就好。

3 謝謝，請再給我一杯。

3 男士：請問那種點心合您的口味嗎？

女士：①是的，非常美味。

2 是的，大小剛剛好。

3 是的，非常有意思的話題。

4 男士：請不要客氣，盡情享用吧。

女士：1 是，請讓我客氣一下。

②好的，那我就不客氣了。

3 不，我不會客氣的。

08 自問自答練習

用自問自答方式，把自己當自己當說話對象，養成隨時用日語思考、對話的習慣，然後串連句子成段，一口氣溜一分鐘日語。

你的語順對了嗎？看圖練習

首先看看下面的插圖，請先挑戰旁邊的句子，把它組成通順的句子。

> **主題：「一人(ひとり)ご飯(はん)のメリット」（單獨吃飯的優點）**

❶

1. 最近(さいきん)、一人(ひとり)______ ______ ______ ______ができる店(みせ)が増(ふ)えてきたようで、うれしいです。
   ①気軽(きがる) ②でも ③食事(しょくじ) ④に
2. 実(じつ)は______ ______ ______ ______で食事(しょくじ)をします。
   ①よく ②私(わたし) ③も ④一人(ひとり)
3. 会社(かいしゃ)の昼休(ひるやす)みにも、______ ______ ______ ______。
   ①出(で)かけます ②で ③なるべく ④一人(ひとり)

❷

1. 誰(だれ)かと一緒(いっしょ)だと、時間(じかん)を合(あ)わせたりしなければならないので、面倒(めんどう)なのです。それに、______ ______ ______ ______では決(き)められないでしょう。
   ①お店(みせ) ②食(た)べる ③一人(ひとり) ④も
2. 自分(じぶん)の______ ______ ______ ______行(い)って、その日自分(ひじぶん)が食(た)べたい物(もの)を食(た)べたいのです。
   ①時間(じかん)に ②都合(つごう) ③いい ④の

❸

1. でも、もちろん、旅行(りょこう)に行(い)ったり、スポーツの後食事(あとしょくじ)をしたりする時(とき)は、友(とも)だちと______ ______ ______ ______楽(たの)しいですね。
   ①一緒(いっしょ) ②が ③の ④方(ほう)

正確順序 2143 ➡ 2314 ➡ 3421 ➡
2143 ➡ 2431 ➡ 1342

self-questioning

自己當自己的說話對象 track C 53

針對每個句子提出問題，培養問問題的能力，不用出國也能隨時練習。

日文括號（　）部分可以省略。

Section 1

1.

自問：最近、どんな店が増えて、うれしいですか。（近來，增加什麼餐廳，讓人感到太好了呢？）

自答：最近、一人でも気軽に食事ができる店が増えてきたようで、うれしいです。（近來，增加了不少可供獨自一人輕鬆用餐的餐廳，真是太好了。）

2.

自問：よく一人で食事しますか。（經常一個人用餐嗎？）

自答：はい、よく一人で食事をします。（是的，我經常一個人用餐。）

3.

自問：会社の昼休みにも、一人で食事をしますか。（上班的午休時間會盡量單獨外食嗎？）

自答：はい、会社の昼休みにも、なるべく一人で出かけます。（是的，尤其是上班的午休時間會盡量單獨外食。）

Section 2

1.

自問：どうして一人で出かけますか。（為什麼單獨外出呢？）

自答：誰かと一緒だと、時間を合わせたりしなければならないので、面倒だからです。それに、食べるお店も一人では決められないからです。（如果和別人一起吃飯，就必須配合雙方的時間，太麻煩了，而且也沒辦法自作主張決定餐廳呀。）

2.

自問： 会社の昼休みの食事は、どうしたいですか。（上班的午休時間想如何用餐呢？）

自答： 自分の都合のいい時間に行って、その日自分が食べたい物を食べたいです。（我想在自己方便的時間去用餐、吃自己當天想吃的食物。）

Section 3

1.

自問： では、誰かと一緒に食べることもありますか。（那麼，曾經跟誰一起用餐過嗎？）

自答： はい、もちろん、旅行に行ったり、スポーツの後食事をしたりする時は、友だちと一緒の方が楽しいです。（有的，當然囉，假如是旅行或是運動後想去吃點什麼，這時有朋友作伴會比較愉快。）

self-questioning

短句變短文

這樣就可以串連句子，變成段落。不再只會です、ます結尾了。

❶ 最近、一人でも気軽に食事ができる店が増えてきたようで（←推斷「好像」，加入「ようです（刪去「す」）」）、うれしいです。実は私もよく一人で食事をします。会社の昼休みにも（←強調「也同樣」，加入「にも」）、なるべく一人で出かけます。

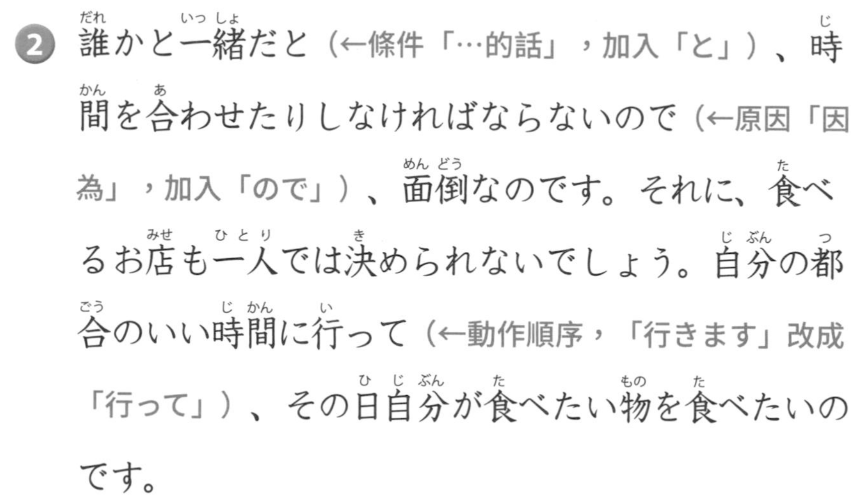

❷ 誰かと一緒だと（←條件「…的話」，加入「と」）、時間を合わせたりしなければならないので（←原因「因為」，加入「ので」）、面倒なのです。それに、食べるお店も一人では決められないでしょう。自分の都合のいい時間に行って（←動作順序，「行きます」改成「行って」）、その日自分が食べたい物を食べたいのです。

❸ でも、もちろん、旅行に行ったり（←列舉「有時」，加入「たり」）、スポーツの後食事をしたりする時は（←假定條件「…的話」，加入「時は」）、友だちと一緒の方が楽しいですね。

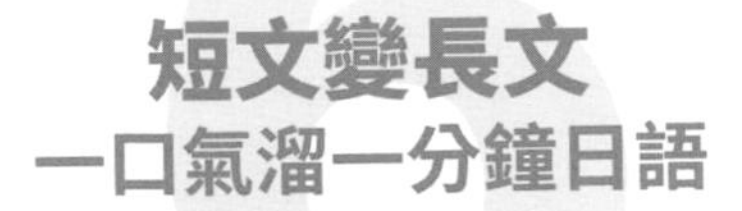

track 54

最近、一人でも気軽に食事ができる店が増えてきたようで、うれしいです。実は私もよく一人で食事をします。会社の昼休みにも、なるべく一人で出かけます。誰かと一緒だと、時間を合わせたりしなければならないので、面倒なのです。それに、食べるお店も一人では決められないでしょう。自分の都合のいい時間に行って、その日自分が食べたい物を食べたいのです。でも、もちろん、旅行に行ったり、スポーツの後食事をしたりする時は、友だちと一緒の方が楽しいですね。

中文翻譯

近來，增加了不少可供獨自一人輕鬆用餐的餐廳，真是太好了。其實，我也經常一個人用餐，尤其是上班的午休時間會盡量單獨外食。如果和別人一起吃飯，就必須配合雙方的時間，太麻煩了，而且也沒辦法自作主張決定餐廳呀。我喜歡在自己方便的時間出去吃當天自己想吃的食物。不過當然囉，假如是旅行或是運動後想去吃點什麼，這時有朋友作伴會比較愉快。

Lesson 7 設施、交通、通訊

しせつ、こうつう、つうしん

看看下圖，還有什麼使用通訊工具的狀況呢？

SNS 日漸發達，疫情之後會議軟體也越來越被大眾接受，你是否也跟上最新的話題了呢？

情境 1

ネットは繋(つな)がってますか。
網路是否連線上了？

情境 2

ファイルが開(ひら)けないんです。
我打不開這個檔案。

情境 3

ユーチューブってやってますか。
你經營 Youtube 嗎？

情境 4

ウィンドウズですか。マックですか。
你使用的是 Windows 還是 Mac 呢？

01 成為破冰達人

開啟話題的詞組地圖

從生活中找題材，就有聊不完的話題。關於地點還可以向四面八方延伸，動動腦開啟你的聯想力！

設施

a. 入国管理局(にゅうこくかんりきょく)にビザを申請(しんせい)する。
（在入國管理局申請簽證。）

b. 2歳(さい)から保育園(ほいくえん)に行(い)く。
（從兩歲起就讀育幼園。）

c. 市役所(しやくしょ)に勤(つと)めている。
（在市公所工作。）

交通

d. スピードを上(あ)げる。（加速，加快。）

e. 信号(しんごう)が変(か)わる。（燈號轉換。）

f. 新宿経由(しんじゅくけいゆ)で東京(とうきょう)へ行(い)く。（經新宿前往東京。）

通信

g. 原稿(げんこう)を郵送(ゆうそう)する。（郵寄稿件。）

h. 船便(ふなびん)で送(おく)る。（用船運方式郵寄。）

i. 航空便(こうくうびん)で送(おく)る。（用空運方式郵寄。）

j. 手紙(てがみ)の宛名(あてな)を書(か)く。（寫收件人姓名。）

02

文法六宮格

把生活放進句型裡，就有無限的話題。

幫你統整白天到晚上、一年四季都用得到的句子。請將六宮格裡的單字，填入 ☐ 中。

動詞辭書形；動詞否定形 ように

名詞の ように

➡ 如同…

疫情爆發後，Zoom 等視訊會議軟體的使用就日漸廣泛，方便的同時，也有些許困擾的地方，試著用文法「ように」分享看看你的使用經驗！

1 場所

会議室（かいぎしつ）にいる
人在會議室

会社（かいしゃ）にいる
人在公司

2 光線

若（わか）くなった
變年輕了

しわが薄（うす）くなった
皺紋變淺了

3 美顏

ちゃんとした
認真打理了

メイクした
化了妝

4 距離

そばにいる
就在身旁

対面（たいめん）している
面對面

5 功能性

通常（つうじょう）と同（おな）じ
和平時一樣

一般的（いっぱんてき）な会議（かいぎ）の
普通的會議

網路會議

其他文法

將 ☐ 標記的字填入底線中，練習說！

- **名詞；動詞**＋でも／ても＋**形容動詞詞幹な；［形容詞・動詞］普通形**＋わけだ

就是說…也／都

☐ お金（かね）をかけなく／参加（さんか）できる
不花錢／可以參加

☐ 大人数（おおにんずう）／対応（たいおう）できる
人數眾多／可以支援

☐ 誰（だれ）／利用（りよう）できる
任何人／可以使用

- **形容動詞詞幹な；［形容詞・動詞］普通形；名詞**＋だけでなく＋**名詞**＋**（助詞）**も＋**動詞**

不僅…也

☐ パソコン／スマホでも／通話（つうわ）できます
電腦／手機也／能通話

☐ 通勤時間（つうきんじかん）／通勤（つうきん）ストレスも／減（へ）らします
通勤時間／通勤壓力也／減輕

☐ 会議（かいぎ）／授業（じゅぎょう）にも／利用（りよう）されています
開會／上課也／被活用

03 生活長對話

影子跟讀

像影子一樣的跟讀是讓口說突飛猛進的最佳良藥之一。先仔細聆聽會話，再模仿會話人物的聲調、語氣。

花子(はなこ)：　そちらまで、歩(ある)くと時間(じかん)がかかりますよね。うちは、市役所(しやくしょ)のそばなんですけど。

田中(たなか)：　はあ、1時間以上(じかんいじょう)かかると思(おも)います。電車(でんしゃ)だと駅(えき)から歩(ある)いて20分(ぷん)くらいです。

花子(はなこ)：　じゃ、車(くるま)だと…駐車場(ちゅうしゃじょう)はありますか。

田中(たなか)：　2台(だい)止(と)められるんですが、その時(とき)に空(あ)いているかどうか…。

花子(はなこ)：　ああ、じゃ…バスがいいかな。

田中(たなか)：　はい、店(みせ)の前(まえ)がバス停(てい)です。ただ、市役所前(しやくしょまえ)からのバスはあまり多(おお)くないですよ。

花子(はなこ)：　いいです。帰(かえ)りは電車(でんしゃ)にします。

田中(たなか)：　はい、お待(ま)ちしています。

對話中譯

花子：我家在市公所旁邊，從這裡走到貴店好像得花上一段時間吧。我家在市公所旁邊。

田中：這個嘛，恐怕要1個小時以上。搭電車的話，從車站走過來大約20分鐘左右。

花子：那開車的話……有停車場嗎？

田中：可以容納兩輛車，只是不確定到時候有沒有空位……。

花子：這樣哦。那……也許搭巴士比較好？

田中：是的，巴士站牌就在店門口。只是從市公所前過來的巴士班次不太多。

花子：沒關係，回程我搭電車。

田中：好的，恭候光臨！

04 生活短對話

聽聽短對話，還有哪些話題和說法呢？

先仔細聆聽會話，再模仿會話人物的聲調、語氣，像影子一樣跟著老師學習道地日語。

1

夫：　うわあ、自転車がいっぱいあるんだね。あっ、これがいい。スピードが出そうで、デザインもいい。

妻：　だめよ。私も乗るんだから、スーパーに行くときは。こっちよ。

夫：　ええ？籠は嫌い。格好悪いよ。

妻：　格好なんてどうでもいいの。実用性よ実用性。

夫：　ええ？分かったよ。

2

佐藤：　なかなか、来ないね。

里美：　うん。遅れてる。雨で道が混んでるからね。

佐藤：　いつもこんなに遅れるの？

里美：　ええ、バスは電車と違って道路の事情で遅れることがあるのよ。あなたは引っ越してきたばかりだから知らないでしょうね。時々遅れるのよ。

1. 夫：哇，好多腳踏車喔！啊，這台好！速度快，也具有設計感。
妻：不行，去超市的時候我也要騎呀，選這一台嘛！
夫：不會吧？我不要那個置物籃啦，看起來很遜。
妻：遜不遜一點也不重要，重要的是實不實用！
夫：欸？好啦好啦。

2. 佐藤：怎麼還沒來呢？
里美：嗯，的確慢了點。下雨天，路上塞車吧。
佐藤：像這樣脫班的狀況常發生嗎？
里美：是呀，不同於電車，巴士會受到交通狀況的影響而遲誤。你剛搬來這邊，還不太清楚吧？巴士脫班的狀況還滿常見的。

PRACTICE

05

自學就會的對話練習

把詞組套入對話中，馬上就會說！

同一個對話還有很多種變化，可以自己練習，或找朋友聊一聊，重點是一定要開口說。

1 里美(さとみ)：ねえ、今度(こんど)の週末(しゅうまつ)、ショッピング①に行(い)こうよ。

這個週末我們去逛街購物吧。

2 佐藤(さとう)：へえ、電車(でんしゃ)②で行(い)こうか。運転(うんてん)しなくて良(い)い③から。

嗯…搭電車去吧。這樣就不用開車了。

3 里美(さとみ)：でも車(くるま)なら買(か)った荷物(にもつ)を持(も)た④ずに済(す)むわよ。良(い)いじゃない。コロナ感染(かんせん)も怖(こわ)いでしょ。

可是開車的話手上就不用提一堆東西。這樣不是很好嗎？你也害怕感染新冠肺炎吧？

4 佐藤(さとう)：そんなあ。

怎麼可以這樣。

練習說

將單字依序填入上面對話的 □ 中！

1
① お花見(はなみ)（賞花）
② 列車(れっしゃ)（火車）
③ お酒(さけ)飲(の)んでもいい（還可以喝點小酒）
④ 乗(の)り換(か)えせ（轉車）

2
① ハイキング（健行）
② バス（公車）
③ のんびりできる（可以悠閒放鬆）
④ チケットを取(と)ら（買票）

3
① 観光(かんこう)（觀光）
② バイク（機車）
③ 停(と)められる（想停就停）
④ 雨(あめ)に濡(ぬ)れ（淋雨）

06 句子串聯

串聯出流暢語句

看出句子的關係，把適當的詞語填入空格中！

a.を通じて	b.ようなら	c.ところ	d.とともに	e.もので

- 帰りが9時過ぎる（　　）、駅まで迎えに行くから電話してね。
- 彼の家を訪ねた（　　）、留守でした。
- 彼女とはSNS（　　）知り合いました。
- AIの発達（　　）、新しい仕事も生まれるが、なくなる仕事も少なくない。
- 走ってきた（　　）、息が切れている。

回答問題

聆聽疑問，精準回答

當對方向我們提出疑問，和我們拉近關係時，我們也要能準確回答問題。看看下方的問句，練習回答看看吧！

問　全然進まなくなっちゃいましたね。この時間でも混むの。

答　おかしいな。……………………。（この時間　渋滞　はずなんだけど）

問　お帰りなさい。道が結構混んだんでしょう。

答　……………………ね。（日曜日　から）

問　今日はずっと外を回ってたから疲れたでしょう。

答　そうですね。……………………ね。（朝から　ずっと　から）

句子串聯

b. c. a. d. e.

回答問題

おかしいな。この時間は渋滞しないはずなんだけど。

日曜日ですからね。

そうですね。朝からずっとでしたから。

PRACTICE

07

即時應答

從應用到日檢

什麼情況下該說什麼話？日檢考題中不僅涵蓋了非常生活化的問題，應答之中也蘊含了日本曖昧的說話文化。現在就一起來了解！

1 男の人：地下鉄よりタクシーのほうが、時間がかかりますよ。

女の人：1 じゃ、急ぐから地下鉄で行きます。

2 じゃ、急ぐからタクシーで行きます。

3 じゃ、急ぐからタクシーで帰ります。

2 男の人：公園では禁煙ですよ。

女の人：1 はい、知っていました。

2 いいえ、気にしないでください。

3 すみません。以後注意します。

3 男の人：ちょっとおたずねしたいんですが。

女の人：1 それはありがとうございます。

2 どんなことでしょうか。

3 どちらにいらっしゃいますか。

4 男の人：この荷物を預けたいんですが。

スタッフ：1 はい、かしこまりました。こちらが預けます

2 はい、かしこまりました。こちらに預けます

3 はい、かしこまりました。こちらでお預かりします。

1 男士：地鐵和計程車相比，計程車需要花更多時間呦。

女士：①那，因為趕時間，搭乘地鐵去的話會比較快。

2 那，因為趕時間，搭乘計程車去的話會比較快。

3 那，因為趕時間，搭乘計程車回家。

2 男士：公園是禁止抽煙的呦。

女士：1 對，我知道那件事。

2 不，請不要在意。

③不好意思，我以後會注意。

3 男士：請問您一下。

女士：1 那真是太感謝了。

②是什麼事呢？

3 您在哪裡？

4 男士：我想寄放行李。

女服務員：

1 好的，我這裡幫你寄放。

2 好的，寄放在我這裡。

③好的，我這裡為您保管行李。

08 自問自答練習

用自問自答方式，把自己當自己當說話對象，養成隨時用日語思考、對話的習慣，然後串連句子成段，一口氣溜一分鐘日語。

你的語順對了嗎？看圖練習

首先看看下面的插圖，請先挑戰旁邊的句子，把它組成通順的句子。

主題：「コンビニの歴史」（便利商店的歷史）

❶

1. 初めて＿＿＿ ＿＿＿ ＿＿＿ ＿＿＿、1927年だそうです。

   ①が ②コンビニエンスストア ③のは ④できた

2. アメリカで氷を売っていた小さな店の主人が、お客さまから「氷を売ってくれるのは確かに便利だけど、卵や牛乳、パンなど＿＿＿ ＿＿＿ ＿＿＿ ＿＿＿、もっと便利になる」といわれたことから誕生しました。

   ①と ②扱って ③も ④くれる

3. 時代やお客さまの細かい希望を実現していく＿＿＿ ＿＿＿ ＿＿＿ ＿＿＿です。

   ①生まれた ②こと ③で ④わけ

❷

1. ＿＿＿ ＿＿＿ ＿＿＿ ＿＿＿1974年です。

   ①日本 ②に ③のは ④できた

2. 今では、いろいろなサービスが利用できて、生活をしていくために、なくては＿＿＿ ＿＿＿ ＿＿＿ ＿＿＿。

   ①店 ②なりました ③ならない ④に

正確順序 2143 ➡ 3241 ➡ 2314 ➡ 1243 ➡ 3142

self-questioning

自己當自己的說話對象 track C 62

針對每個句子提出問題，培養問問題的能力，不用出國也能隨時練習。

Section 1

1.

自問： 初めてコンビニエンスストアができたのは、何年ですか。（第一家便利商店出現於哪一年呢？）

自答： (初めてコンビニエンスストアができたのは、) 1927年だそうです。（據說〈第一家便利商店出現於〉1927年。）

日文括號（　）部分可以省略。

2.

自問： コンビニエンスストアはどのようにして誕生しましたか。（便利商店如何誕生的？）

自答： アメリカで氷を売っていた小さな店の主人が、お客さまから「氷を売ってくれるのは確かに便利だけど、卵や牛乳、パンなども扱ってくれると、もっと便利になる」といわれたことから誕生しました。（美國有位販售冰塊的小商鋪老闆，由於客人的一句「能在這裡買到冰塊的確很方便，但若能兼賣些雞蛋、牛奶和麵包之類的，可就更便利了」，因而促成了便利商店的誕生。）

3.

自問：　コンビニエンスストアは何を実現していくことで生まれましたか。（便利商店是順應什麼需求而面世的？）

自答：　時代やお客さまの細かい希望を実現していくことで生まれました。（便利商店是順應時代潮流以及符合顧客的日常需求而面世的。）

Section 2

1.

自問：　日本にコンビニエンスストアができたのは何年ですか。（日本首家便利商店開設於哪一年？）

自答：　（日本にコンビニエンスストアができたのは）1974年です。（〈在日本，首家便利商店開設於〉1974年。）

2.

自問：　コンビニエンスストアは今どんな店になりましたか。（時至今日便利商店已經成為什麼樣的商店了？）

自答：　今では、物を買うだけでなく、荷物を送ったり、公共料金を払うなど、いろいろなサービスが利用できて、生活をしていくために、なくてはならない店になりました。（時至今日，民眾不僅能在這裡購買商品，甚至可以使用包括寄送物品、繳交水電公共費用等各項服務，成為生活中不可或缺的商店了。）

短句變短文

這樣就可以串連句子，變成段落。不再只會です、ます結尾了。

❶ 初めてコンビニエンスストアができたのは（←強調，加入「のは～です」）、1927年だそうです。アメリカで氷を売っていた小さな店の主人が（←動作、狀態等主語，加入「が」）、お客さまから「氷を売ってくれるのは確かに便利だけど（←逆接「可是」，加入「けど」）、卵や牛乳、パンなども扱ってくれると（←假定條件「的話」，加入「と」）、もっと便利になる」といわれたことから誕生しました。時代やお客さまの細かい希望を実現していくことで生まれたわけです。

❷ 日本にできたのは1974年ですが（←順接，加入「が」）、今では、物を買うだけでなく（←並列「不但…而且」，加入「だけでなく」）、荷物を送ったり（←列舉「或是」，加入「たり」）、公共料金を払うなど（←列舉「…等」，加入「など」）、いろいろなサービスが利用できて（←理由「できます」改成「できて」）、生活をしていくために（←目的「為了」，加入「ために」）、なくてはならない店になりました。

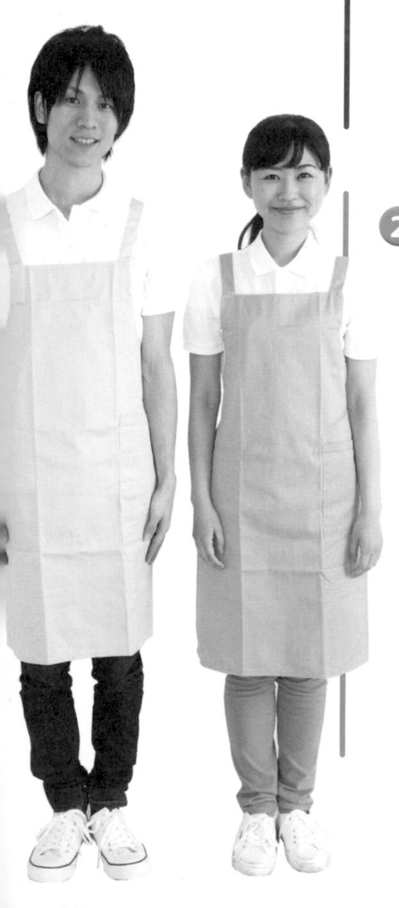

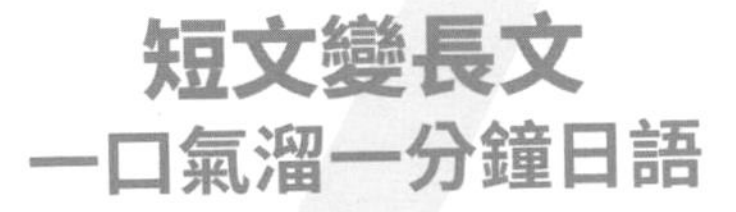

初めてコンビニエンスストアができたのは、1927年だそうです。アメリカで氷を売っていた小さな店の主人が、お客さまから「氷を売ってくれるのは確かに便利だけど、卵や牛乳、パンなども扱ってくれると、もっと便利になる」といわれたことから誕生しました。時代やお客さまの細かい希望を実現していくことで生まれたわけです。日本にできたのは1974年ですが、今では、物を買うだけでなく、荷物を送ったり、公共料金を払うなど、いろいろなサービスが利用できて、生活をしていくために、なくてはならない店になりました。

中文翻譯

據說第一家便利商店出現於 1927 年。美國有位販售冰塊的小商鋪老闆，由於客人的一句「能在這裡買到冰塊的確很方便，但若能兼賣些雞蛋、牛奶和麵包之類的，可就更便利了」，因而促成了便利商店的誕生。換言之，便利商店是順應時代潮流以及符合顧客的日常需求而面世的。在日本，首家便利商店開設於 1974 年。時至今日，民眾不僅能在這裡購買商品，甚至可以使用包括寄送物品、繳交水電公共費用等各項服務，成為生活中不可或缺的商店了。

Lesson

8 きょういく 教育

看看下圖，你的校園生活又是如何呢？

多采多姿的校園生活，有學習的壓力、人際關係的苦惱，更有許多充滿青春活力的時刻，試著聊一聊吧！

情境 1

算数(さんすう)が苦手(にがて)だ。
不擅長算數。

情境 2

学歴(がくれき)が高(たか)い。
學歷高。

情境 3

授業(じゅぎょう)を欠席(けっせき)する。
上課缺席。

情境 4

彼(かれ)は落第(らくだい)した。
他落榜了。

01 成為破冰達人

開啟話題的詞組地圖

從生活中找題材，就有聊不完的話題。關於地點還可以向四面八方延伸，動動腦開啟你的聯想力！

學習

a. 効果(こうか)が上(あ)がる。（效果提升。）

b. 資格(しかく)を持(も)つ。（擁有資格。）

c. 日本語(にほんご)をマスターしたい。（我想精通日語。）

d. 読解(どっかい)の点数(てんすう)はまあまあだった。（閱讀理解項目的分數還算可以。）

e. 基本(きほん)をゼロから学(まな)ぶ。（從零開始學習基礎概念。）

學校生活

f. 課題(かだい)を解決(かいけつ)する。（解決課題。）

g. 大学院(だいがくいん)に進(すす)む。（進研究所唸書。）

h. 退学(たいがく)して仕事(しごと)を探(さが)す。（輟學後去找工作。）

i. 2時間目(じかんめ)の授業(じゅぎょう)を受(う)ける。（上第2節課。）

j. 3年生(ねんせい)に上(あ)がる。（升上3年級。）

02 文法六宮格

把生活放進句型裡，就有無限的話題。

幫你統整白天到晚上、一年四季都用得到的句子。請將六宮格裡的單字，填入 □ 中。

名詞 を 動詞否定形 なくちゃ ➡ 不…不行

學好每個科目都有竅門，每個科目的老師也分別有自己的主張，試著用「ないと、なくちゃ」說說看學習中你覺得非常重要的事吧！

1 家政老師

栄養のある食事／取ら
營養豐富的食物／食用

生活の基本知識／覚え
生活常識／學會

2 國文老師

古文／学習し
古文／學習

課外読物／読ま
課外讀物／閱讀

3 英文老師

単語／暗記し
單字／熟背

発音／重視し
發音／重視

4 理科老師

概念／理解し
概念／理解

問題意識／呼び起こさ
問題意識／喚醒

5 其他

教育の課題／見直さ
教育的課題／重新審視

成績／上げ
成績／拉高

其他文法

將 ☆ 標記的字填入底線中，練習說！

● 名詞の；形容動詞詞幹な；[形容詞・動詞]普通形＋ような気がする

感覺好像…

- ☆ わかった　懂了
- ☆ 上手になった　變熟練了
- ☆ 間違えた　弄錯了

● 人物＋って、＋[名詞・形容動詞詞幹]な；[動詞・形容詞]普通形＋んだって

聽說…呢

- ☆ 田中さん／女優になった　田中同學／成為女演員
- ☆ ピアノの先生／地元に転勤する　鋼琴老師／要回家鄉任職
- ☆ 林さん／試験に落ちた　林同學／考試不及格

03 生活長對話

影子跟讀

像影子一樣的跟讀是讓口說突飛猛進的最佳良藥之一。先仔細聆聽會話，再模仿會話人物的聲調、語氣。

男子学生： 経済学の授業、むずかしくてよくわからなかったよ。

女子学生： そうね。やっぱりよくテキストを読んでいかなくちゃだめだね。

男子学生： 来週は、しっかり予習して行かなきゃ。

女子学生： 今日はドイツ語もあるんでしょ？

男子学生： うん、英語の後でね。教育学もあるよ。

女子学生： 私は、英語が終わったら今日は終わり。

男子学生： えっ、いいなあ。

女子学生： 中国語の陳先生がお休みだからね。

對話中譯

男學生：經濟學的課好難，聽不太懂啊。
女學生：是呀。看來，還是要仔細研讀教科書才行。
男學生：下星期要先認真預習之後再去上課了。
女學生：你今天還要上德文課吧？
男學生：嗯，在英文課後面。還有教育學呢。
女學生：我今天上完英文就沒課了。
男學生：是哦？好羨慕喔。
女學生：那是因為今天中文課的陳老師停課。

04 生活短對話

聽聽短對話，還有哪些話題和說法呢？

先仔細聆聽會話，再模仿會話人物的聲調、語氣，像影子一樣跟著老師學習道地日語。

1

先生：　この前の「日本の先輩・後輩の文化について」のレポートはよくできていましたよ。

学生：　ありがとうございます。僕はいろんな本を読んで他人の主張と、自分の考えとの共通点や違いを書きました。

先生：　よく調べましたね。

学生：　いいえ、まだまだです。あとは、「なぜ先生はこのテーマを出したのだろう」「この表現で言いたいことが伝わるかな」などと自問自答しながら書いてみて、なんとか完成しました。

2

女子学生：　中本先生は、テストはやさしいそうよ。出席もそんなに厳しくないって。

男子学生：　うーん。ぼくはやっぱり、話がおもしろい先生がいいな。

女子学生：　長谷川先生は、めったに一番いい成績をつけないけれど、授業がすごく面白いんだって。高橋先輩、去年、成績は悪かったけど、あの授業が一番よかったって話してたよ。

男子学生：　じゃ、ぼく、長谷川先生の授業をとろうかな。

對話中譯

1. 女老師：上次那篇〈探討日本的前後輩文化〉的報告，寫得不錯喔。
男學生：謝謝老師。我讀了很多本書，找出他人的觀點和自己的想法之間的共同與相異之處，做了一番整理。
女老師：你做了不少研究喔。
男學生：老師過獎了，需要學習的地方還很多。寫報告的時候，我以自問自答的形式思考：老師為什麼會出這個題目？這種論述方式可以清楚表達我想說的話嗎？就這樣好不容易才完成的。

2. 女學生：聽說中本老師的考試蠻簡單的，也不會每堂課點名。
男學生：呃……我還是比較喜歡說話風趣的老師。
女學生：聽說長谷川老師很少給高分，但是上課非常精采。高橋學長去年拿到的分數很低，可是他稱讚那門課最值得選修。
男學生：那，我修長谷川老師的課好了。

PRACTICE

05 自學就會的對話練習

把詞組套入對話中，馬上就會說！

同一個對話還有很多種變化，可以自己練習，或找朋友聊一聊，重點是一定要開口說。

1 佐藤（さとう）：ねえ、今回（こんかい）の試験（しけん）って、君（きみ）すごく点数（てんすう）よかったじゃない？

欸，這次考試，你成績不錯吧。

2 里美（さとみ）：そうねえ、前（まえ）の年（とし）のノート①を先輩（せんぱい）から借（か）りられ②たんだ。予（よ）習（しゅう）してから授業（じゅぎょう）を聞（き）いているから試験（しけん）もかなり楽（らく）だよ。

是啊，因為跟學長借了去年的筆記。預習以後再聽課，考試也覺得輕鬆多了。

3 佐藤（さとう）：そうなのかあ。

這樣啊。

4 里美（さとみ）：でも、新鮮（しんせん）な話題（わだい）③を取（と）り上（あ）げて④いる先生（せんせい）の試験（しけん）はやっぱり難（むずか）しいのよね。

不過，上課喜歡加入新鮮話題的老師，出的考題難度還是很高的呢。

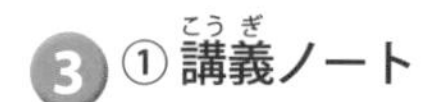

練習說

將單字依序填入上面對話的 □ 中！

1
① アドバイス（建議）
② 聞（き）い（聽取）
③ 新（あたら）しい課題（かだい）（新議題）
④ 組（く）み込（こ）んで（列入）

2
① 前年度（ぜんねんど）のパワーポイント（去年的 PPT）
② 見（み）せてもらっ（借來參考）
③ 違（ちが）う学習法（がくしゅうほう）（不同的學習方法）
④ 取（と）り込（こ）んで（採用）

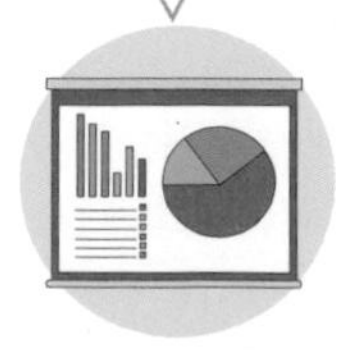

3
① 講義（こうぎ）ノート（課堂講義和筆記）
② もらっ（拿了）
③ 最新情報（さいしんじょうほう）（最新資訊）
④ 集（あつ）めて（彙整）

06

句子串聯

串聯出流暢語句

看出句子的關係，把適當的詞語填入空格中！

a.くらい　b.までに　c.からいうと　d.とおりに　e.がちで

- 子どもの時は病気（　　）、よく学校を休んだ。
- 作文の宿題は金曜日（　　）出してください。
- 日本語の文法（　　）難しいものはない。
- 今から先生が言う（　　）書いてください。
- 私の経験（　　）、可能なら留学はした方がいいと思います。

回答問題

聆聽疑問，精準回答

當對方向我們提出疑問，和我們拉近關係時，我們也要能準確回答問題。看看下方的問句，練習回答看看吧！

問　どうして今日は先生に叱られたの。

答　…………………………………………。（友達　喧嘩）

問　この宿題はいつまでだっけ。

答　…………………………………………だけど。（明日　はず）

問　N3を受けたんだよね。もちろん、合格だったでしょう。

答　それが、…………………………………………。（2点　足りる　駄目）

句子串聯

e. b. a. d. c.

回答問題

友達と喧嘩したから。

明日までのはずだけど。

それが、2点足りなくて駄目だった。

PRACTICE

07

即時應答

從應用到日檢

什麼情況下該說什麼話？日檢考題中不僅涵蓋了非常生活化的問題，應答之中也蘊含了日本曖昧的說話文化。現在就一起來了解！

1 男の人：この椅子、ちょっと借りていい？

女の人：1　うん、かまわないよ。

2　うん、おかまいなく。

3　うん、借りて。

2 男の人：日本語がお上手ですね。

女子学生：1　いいえ、けっこうです。

2　いいえ、そうはいきません。

3　いいえ、まだまだです。

3 男の人：日本語、どこで勉強したのですか。

女の人：1　私の国の日本語学校です。

2　あまり上手じゃありません。

3　いえ、そんなに勉強はしていません

4 男の人：酒井先生をご存知ですか。

女の人：1　はい、知りません。

2　いいえ、存知ません。

3　はい、ご存知です。

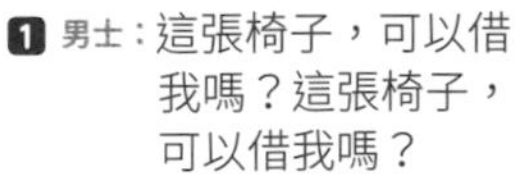

Answer 翻譯與解答

1 男士：這張椅子，可以借我嗎？這張椅子，可以借我嗎？
女士：①好，沒問題。
2 好，別那麼麻煩了。
3 好，借我。

2 男士：妳的日文很流利喔。
女學生：1 不，已經夠了。
2 不，沒辦法那麼做。
③過獎了，還有待加強。

3 男士：你是在哪裡學習日語的呢？
女士：①在我祖國的日語學校。
2 不怎麼好。
3 不，我沒有學很多。

4 男士：您是否認識酒井老師呢？
女士：1 是，不認識。
②不，不認識。
3 是，認識。

08 自問自答練習

用自問自答方式，把自己當自己當說話對象，養成隨時用日語思考、對話的習慣，然後串連句子成段，一口氣溜一分鐘日語。

你的語順對了嗎？看圖練習

首先看看下面的插圖，請先挑戰旁邊的句子，把它組成通順的句子。

主題：「子(こ)どもを叱(しか)るコツ」（管教孩子的秘訣）

1

1. 最近(さいきん)子(こ)どもを＿＿ ＿＿ ＿＿ ＿＿です。
①親(おや)が ②叱(しか)らない ③そう ④増(ふ)えた

2. いろいろな考(かんが)え方(かた)があるので、親(おや)もどうした＿＿ ＿＿ ＿＿ ＿＿、疲(つか)れてしまっているような気(き)がします。
①分(わ)からず ②ら ③いい ④か

2

1. しかし、本当(ほんとう)に子(こ)どものことを考(かんが)えるなら、＿＿ ＿＿ ＿＿ ＿＿場合(ばあい)もあると思(おも)います。
①叱(しか)った ②いい ③しっかり ④ほうが

3

1. そんな時(とき)、私(わたし)が気(き)をつけているのは、3回(かい)、大(おお)きく呼吸(こきゅう)を＿＿ ＿＿ ＿＿ ＿＿です。
①叱(しか)る ②こと ③して ④から

2. 感情(かんじょう)に＿＿ ＿＿ ＿＿ ＿＿よい結果(けっか)は得(え)られません。
①決(けっ)して ②叱(しか)って ③任(まか)せて ④は

正確順序 2143 ➡ 2341 ➡ 3142 ➡ 3412 ➡ 3241

self-questioning

自己當自己的說話對象

針對每個句子提出問題，培養問問題的能力，不用出國也能隨時練習。

日文括號（　）部分可以省略。

Section 1

1.

自問：最近子どもを叱らない親が増えましたか。（近來不責備孩子的父母越來越多了嗎？）

自答：はい、最近子どもを叱らない親が増えたそうです。（是的。聽說近來不責備孩子的父母越來越多了。）

卒業式

2.

自問：親はどうして疲れてしまっているような気がしますか。（為人父母的為何似乎感到心力交瘁？）

自答：叱ってはいけない、ほめて育てるほうがいいとか、いろいろな考え方があるので、親もどうしたらいいか分からないからです。（在各派專家的倡導下，認為養育孩子不能靠責罵，應當採取讚美的方式等等，不難體會為人父母者的無所適從和心力交瘁。）

Section 2

1.

自問：やはり子どもを叱らないほうがいいのでしょうか。（不責罵孩子真的比較好嗎？）

自答：本当に子どものことを考えるなら、しっかり叱ったほうがいい場合もあると思います。（如果真心為孩子著想，某些時候確實有必要嚴肅地責備孩子。）

Section 3

1.

自問： しっかり叱る時は、どんなことに気をつけていますか。（責備時要注意什麼事情呢？）

自答： （そんな時、私が気をつけているのは、）3回、大きく呼吸をしてから叱ることです。そうすることで、冷静になれるからです。（〈遇到這種情形，我會提醒自己〉先深呼吸３次之後再開始訓話。透過深呼吸，能夠讓自己冷靜下來。）

2.

自問： 感情に任せて叱ると、子どもはどうなりますか。（在激動時斥責孩子，將會如何演變？）

自答： 感情に任せて叱っては決してよい結果は得られません。子どもにもイヤな気持ちだけが残ってしまうので、反抗的になってしまいます。（在激動時斥責孩子絕對無法得到好結果。因為孩子只會記得那種不舒服的情緒，變得更叛逆而已。）

短句變短文

這樣就可以串連句子，變成段落。不再只會です、ます結尾了。

❶ 最近子どもを叱らない親が増えたそうです。叱ってはいけない、ほめて育てるほうがいいとか（←內容不確定「什麼的」，加入「とか」）、いろいろな考え方があるので（←原因「因為」，加入「ので」）、親もどうしたらいいか分からず（←否定「不」，加入「ず」）、疲れてしまっているような気がします。

❷ しかし、本当に子どものことを考えるなら（←條件「如果…的話」，加入「なら」）、しっかり叱ったほうがいい場合もあると思います。

❸ そんな時、私が気をつけているのは（←強調，加入「のは～です」）、3回、大きく呼吸をしてから叱ることです。そうすることで、冷静になれるのです。感情に任せて叱っては決してよい結果は得られません。子どもにもイヤな気持ちだけが残ってしまうので（←原因「因為」，加入「ので」）、反抗的になってしまうのです。

短文變長文
一口氣溜一分鐘日語

最近子どもを叱らない親が増えたそうです。叱ってはいけない、ほめて育てるほうがいいとか、いろいろな考え方があるので、親もどうしたらいいか分からず、疲れてしまっているような気がします。しかし、本当に子どものことを考えるなら、しっかり叱ったほうがいい場合もあると思います。そんな時、私が気をつけているのは、3回、大きく呼吸をしてから叱ることです。そうすることで、冷静になれるのです。感情に任せて叱っては決してよい結果は得られません。子どもにもイヤな気持ちだけが残ってしまうので、反抗的になってしまうのです。

中文翻譯

聽說近來不責備孩子的父母越來越多了。在各派專家的倡導下，認為養育孩子不能靠責罵，應當採取讚美的方式等等，不難體會為人父母者的無所適從和心力交瘁。但是，如果真心為孩子著想，某些時候確實有必要嚴肅地責備孩子。遇到這種情形，我會提醒自己先深呼吸3次之後再開始訓話。透過深呼吸，能夠讓自己冷靜下來。在激動時斥責孩子絕對無法得到好結果。因為孩子只會記得那種不舒服的情緒，變得更叛逆而已。

Lesson 9 しょくぎょう、どうぐ 職業、工具

看看下圖，說說看你的工作。 

第一次見面免不了要介紹一下自己的工作，職場上也有許多必須了解的指示和話題，就讓我們從輕鬆閒聊的角度來切入吧！

情境 1	情境 2	情境 3	情境 4

休憩（きゅうけい）する暇（ひま）もない。 連休息的時間也沒有。	仕事（しごと）の割（わ）り当（あ）てをする。 分派工作。	書類（しょるい）をコピーする。 影印文件。	責任（せきにん）を持（も）つ。 負責任。

01 成為破冰達人

開啟話題的詞組地圖

從生活中找題材，就有聊不完的話題。關於地點還可以向四面八方延伸，動動腦開啟你的聯想力！

職業、事業

a. 看護師（かんごし）さんが優（やさ）しい。（護士人很和善貼心。）

b. 保育士（ほいくし）の資格（しかく）を取（と）る。（取得幼教老師資格。）

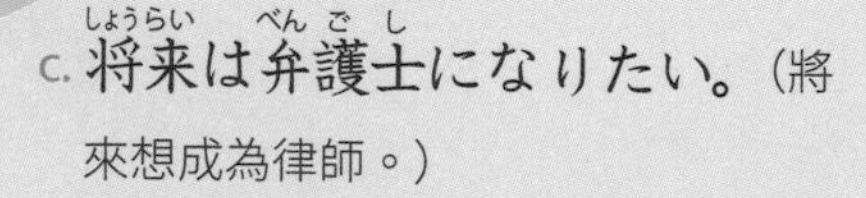

c. 将来（しょうらい）は弁護士（べんごし）になりたい。（將來想成為律師。）

d. パートに出（で）る。（出外打零工。）

e. 会社（かいしゃ）を経営（けいえい）する。（經營公司。）

道具

f. メモリーが不足（ふそく）している。（記憶體空間不足。）

g. 画面（がめん）を見（み）る。（看畫面。）

h. キーボードを弾（ひ）く。（彈鍵盤〈樂器〉。）

i. デジタル製品（せいひん）を使（つか）う。（使用數位電子製品。）

j. 水筒（すいとう）に熱（あつ）いコーヒを入（い）れる。（把熱咖啡倒入水壺。）

02 文法六宮格

把生活放進句型裡，就有無限的話題。

幫你統整白天到晚上、一年四季都用得到的句子。請將六宮格裡的單字，填入□中。

名詞 は 名詞 だらけ ➡ 全是…、滿是…、到處是…

現今許多人靠著 SNS 走紅，Youtuber 也成了孩子們的夢想職業，但網路的世界也有黑暗的一面，試著用「だらけ」來說說看吧！

1 惡評

オリジナルブランド／悪い評価（わるいひょうか）
自創品牌／負面評價

コメント欄（らん）／激しい批判（はげしいひはん）
留言區／嚴厲的抨擊

2 網紅

SNS／インフルエンサー
社交平台／網路紅人

キャラ設定（せってい）／嘘（うそ）
角色設定／謊言

3 廣告

このチャンネル／ステマ
這個頻道／商業合作

ユーチューブ動画（どうが）／CM
Youtube 影片／廣告

4 錯誤

字幕（じまく）／間違い（まちがい）
字幕／錯字

商品（しょうひん）デザイン／スペルミス
商品設計／錯別字

5 低年齡層

インターネット用語（ようご）／わからないこと
網路用語／不懂的

ファン／未成年（みせいねん）
粉絲／未成年

網路黑暗面

其他文法

將 ⬀ 標記的字填入底線中，練習說！

● [形容詞・動詞] 普通形；[名詞・形容動詞] だ＋と思われがちだ

容易被認為…、往往會被認為…

⬀ お金（かね）を稼（かせ）げる仕事（しごと）だ
輕鬆賺錢的工作

⬀ ハードルが高（たか）い
難度很高

⬀ 子（こ）どもの遊（あそ）びだ
兒戲

● 名詞＋を／で＋動詞ます形＋っ放しだ

一直…、總是…

⬀ YouTube を／流（なが）し
Youtube 影片／播放著

⬀ パソコンを／付（つ）け
電腦／開著

⬀ 在宅（ざいたく）ワークで／座（すわ）り
居家辦公／坐著

03

生活長對話

影子跟讀

像影子一樣的跟讀是讓口說突飛猛進的最佳良藥之一。先仔細聆聽會話，再模仿會話人物的聲調、語氣。

母：　どう、今の会社。

息子：　うん。皆静かに働いてるけど、やる気があっていいよ。

母：　うーん、じゃあ、潰れる心配はないよね。

息子：　うん。会社は小さいけど、給料もほかの会社よりいいよ。

母：　じゃ、儲かってるんだろうね。ほかには。

息子：　そうだなあ。あとは働く時間も少ないし、みんなのアイディアも重視されているし。

母：　でも最近ちょっと疲れてるんじゃないの。

息子：　このところ、経験のない仕事を任されて、分からないことだらけで辛かったんだ。

母：　大変ねえ。

息子：　いや、最初はこの仕事に向いてないと思ったけど、先輩の指導ですぐコツがつかめたんだ。

母：　そうなの。じゃあ、心配ないわね。

對話中譯

媽媽：現在的公司，感覺怎麼樣？
兒子：嗯，大家都安安靜靜地工作，但是很有衝勁，感覺不錯。
媽媽：是嗎，那就不必擔心公司會倒閉了。
兒子：應該是吧，公司雖然規模不大，但是薪水比其他地方好喔。
媽媽：這麼說，公司挺賺錢的。還有呢？
兒子：我想想……另外，工作時數不長，也很重視大家的創意。
媽媽：可是你最近似乎有點累？
兒子：那是因為被指派一項沒做過的工作，不懂的地方好多，很累人。
媽媽：辛苦你囉。
兒子：其實，我一開始也覺得自己不適合這份工作，幸好在公司前輩的指導下，很快就掌握到訣竅了。
媽媽：這樣啊。那我就沒什麼好擔心的了。

04 生活短對話

聽聽短對話，還有哪些話題和說法呢？

先仔細聆聽會話，再模仿會話人物的聲調、語氣，像影子一樣跟著老師學習道地日語。

1

男性社員：　会議が始まったら、アンケート集めるのを手伝いましょうか。

女性社員：　ああ、こっちはいいから、上野さんを手伝ってやってくれる？資料を作る人が足りないから。

男性社員：　はい、分かりました。

2

お客さん：　先日は、中国語の翻訳をありがとうございました。丁寧で、わかりやすいです。

女性社員：　いえ、こちらこそ、いつもご注文ありがとうございます。

お客さん：　ところで、今回の翻訳はいつもの方ですか。実は、同じ単語なのに、今回違う訳になっているところがあって、どちらが正しい言い方なのかお聞きしたいと思いまして。

女性社員：　少々お待ちください。担当者に確認いたしますので。

對話中譯

1. 男職員：會議開始後，我幫妳收問卷吧。
   女職員：啊，我這邊忙得過來。可以幫幫上野小姐嗎？她那邊準備會議資料的人手不夠。
   男職員：好的，沒問題。

2. 男客戶：謝謝您日前協助中文翻譯，譯文不但仔細，用字也淺顯易懂。
   女職員：不敢當，我們才要感謝您經常給案子。
   男客戶：請問一下，這次的譯者和之前的是同一位嗎？因為有個相同的單詞，這次譯成另一個詞彙，想請教哪一個是比較新的用語。
   女職員：請稍候，我去問一下承辦人。

PRACTICE

05

自學就會的對話練習

把詞組套入對話中，馬上就會說！

同一個對話還有很多種變化，可以自己練習，或找朋友聊一聊，重點是一定要開口說。

1
清太：就職決まった。
找到工作了嗎？

2
里美：ううん、まだ。昨日も面接したところなんだ。給料①が良さ②そうなんだけど、セクハラ③があるような会社は避けたくて…
唉，還沒有。昨天也去面試了，那家公司的薪資還不錯，可是隱約覺得在那裡會被性騷擾，所以不太想進去……。

3
清太：最近性的嫌がらせ④に悩む人も少なくないみたいだよね。
最近好像有不少人由於遭受帶有性暗示意味的冒犯而相當苦惱。

4
里美：あとパワハラもね。
還有一些人遇到的是職權騷擾。

5
清太：そうそう。でもね、社員の能力育成する際にはやっぱり厳しさが出てくるものだから、大事なのは指導の時にきちんと説明して納得させてくれること。つまり「そこに愛があるんか」ということだよ。
沒錯。不過，在培訓員工時免不了嚴厲指正，重要的是指導時應該詳細說明，好讓員工徹底理解。換句話說，關鍵在於指導時的態度「是否基於愛護之情」。

練習說

將單字依序填入上面對話的 □ 中！

1

① 時間（工作時間）
② 自由だ（很自由）
③ アルハラ（酒精騷擾）
④ お酒を強要されること（被迫飲酒）

2

① 自分のアイディア（自己的創意）
② 発揮でき（能夠發揮）
③ エイハラ（年齡歧視）
④ 高齢であることで意地悪をされること（因年長而被惡意精神暴力）

06

句子串聯

串聯出流暢語句

看出句子的關係，把適當的詞語填入空格中！

a.によって　b.としても　c.わりに　d.かわりに　e.ければ

- 今の仕事は大変な（　　）給料が安い。
- 台風が来た（　　）、仕事を休むことはできない。
- 時給さえ高（　　）、どんな仕事でも文句は言わない。
- 今の仕事は給料が高い（　　）、残業が多い。
- 面接の結果はメール（　　）お知らせいたします。

回答問題

聆聽疑問，精準回答

當對方向我們提出疑問，和我們拉近關係時，我們也要能準確回答問題。看看下方的問句，練習回答看看吧！

問　この書類、20部コピーしておいてくれる。

答　はい、……………………………………………………………。（承知）

問　拝見させていただいてもいいでしょうか。

答　はい、どうぞ……………………………………………………。（持つ）

問　何か手伝いましょうか。

答　うん、では、……………………………………………………。

（この名簿　確認　と　助かる）

句子串聯

c. b. e. d. a.

回答問題

はい、承知しました。

はい、どうぞお持ちください。

うん、では、この名簿を確認してくれると助かる。

PRACTICE

07

即時應答

從應用到日檢

什麼情況下該說什麼話？日檢考題中不僅涵蓋了非常生活化的問題，應答之中也蘊含了日本曖昧的說話文化。現在就一起來了解！

1 男の人：この書類のコピー、3時までに、よろしくお願いします

女の人：1　はい、承知しました。

2　はい、承知します。

3　こちらこそ、よろしくお願いします。

2 男の人：では、今日の仕事はこれで終わりです。

女の人：1　はい、どうも疲れました。

2　はい、お疲れさまでした。

3　はい、お疲れになりました。

3 男の人：仕事が終わらないから、まだ帰れないよ。先に帰って。

女の人：1　そう。さっさと仕事しないからじゃない。

2　そう。よかったね。私はお先に。

3　そう。大変ね。お疲れ様。

4 男の人：忙しそうだね。手伝おうか。

女の人：1　うん、もっと一生懸命やってね。

2　うん、そうしてもらえると助かるわ。

3　うん、早く助けてあげて。

Answer 翻譯與解答

1 男士：麻煩在3點之前影印好這份文件。
女士：①好的，我知道了。
2 好的，我知道。
3 彼此彼此，萬事拜託。

2 男士：那麼，今天的工作就到此結束。
女士：1 好的，覺得好累喔。
②好的，大家辛苦了。
3 好的，您累了。

3 男士：工作沒做完，還回不了家呢。你先回去吧。
女士：1 是喔，不是因為動作太慢嗎？
2 是喔，太好了。我先走了。
③是喔，真辛苦。辛苦您了！

4 男士：看起來很忙呢，我來幫忙吧。
女士：1 嗯！再努力一點吧！
②嗯！那可就幫了大忙了。
3 我快點幫你吧！

08 自問自答練習

用自問自答方式，把自己當自己當說話對象，養成隨時用日語思考、對話的習慣，然後串連句子成段，一口氣溜一分鐘日語。

你的語順對了嗎？看圖練習

首先看看下面的插圖，請先挑戰旁邊的句子，把它組成通順的句子。

主題：「会議室ご利用ルール」（會議室使用規範）

1

1. 会議室A、B、Cは、どれも、______ ______ ______ ______、その日に申し込めます。　①いなければ　②が　③予約　④入って
2. 予約は______ ______ ______ ______。
   ①1か月　②できます　③前　④から
3. インターネットでも、______ ______ ______ ______。
   ①電話　②も　③で　④できます
4. 同じ日に同じ部屋に______ ______ ______ ______時は、一番早く申し込んだ人に決まります。　①も　②いくつ　③入った　④予約が
5. 申し込み______ ______ ______ ______、後で変えたりしないでください。
   ①は　②代表者　③決めて　④一人

2

1. 予約が______ ______ ______、______に確認のメールをします。
   ①その方　②は　③場合　④できた
2. ______ ______ ______ ______、断りのメールをします。
   ①できなかった　②も　③予約が　④場合
3. ______ ______ ______ ______は、ホームページで確認してください。
   ①会議室が　②か　③どの　④空いている

3

1. なお、申し込みを______ ______ ______ ______場合は、必ず連絡をしてください。
   ①した　②キャンセル　③後で　④する

正確順序 3241 ➡ 1342 ➡ 1324 ➡ 4213 ➡ 2143 ➡ 4321 ➡ 3142 ➡ 3142 ➡ 1324

self-questioning

自己當自己的說話對象 track C 80

針對每個句子提出問題，培養問問題的能力，不用出國也能隨時練習。

日文括號（　）部分可以省略。

Section 1

1.

自問：会議室A、B、Cは、その日に申し込めますか。（會議室A、B、C，當天可以申請使用嗎？）

自答：はい、（会議室A、B、Cは、）どれも、予約が入っていなければ、その日に申し込めます。（可以的，〈會議室A、B、C，〉只要無人預約，任何一間都能在當天申請使用。）

2.

自問：予約は何日前からできますか。（幾天前可以預約呢？）

自答：予約は1か月前からできます。（最早於一個月前即可預約。）

3.

自問：どうやって予約をしますか。（如何預約呢？）

自答：インターネットでも、電話でもできます。（用電話預約或網路預約。）

4.

自問：同じ日に同じ部屋にいくつも予約が入った時は、どうなりますか。（如有多人欲預約同一天的同一間會議室，將如何呢？）

自答：（同じ日に同じ部屋にいくつも予約が入った時は、）一番早く申し込んだ人に決まります。（〈如有多人欲預約同一天的同一間會議室〉以最早提出申請者優先使用。）

5.

自問：申し込み代表者は途中で変わってもいいですか。（代表申請人，可以中途更換嗎？）

自答：いいえ、申し込み代表者は一人決めて、後で変えたりしないでください。（不行的。請推派一名代表申請，提出後切勿更換。）

Section 2

1.

自問： 予約ができた場合は、どうやって知らせますか。（預約成功時，如何通知呢？）

自答： （予約ができた場合は、）その方に確認のメールをします。（〈預約成功時〉會給該名代表寄送確認郵件。）

2.

自問： 予約ができなかった場合は、どうやって知らせますか。（未預約成功時，如何通知呢？）

自答： （予約ができなかった場合も、）断りのメールをします。（〈未預約成功時〉亦會寄送告知郵件。）

3.

自問： どの会議室が空いているかは、どうやって確認しますか。（哪一間會議室可供使用，如何確認？）

自答： （どの会議室が空いているかは、）ホームページで確認してください。（〈至於哪一間會議室可供使用〉請於網頁確認。）

Section 3

1.

自問： 申し込みをした後でキャンセルする場合は、どうしたらいいですか。（申請後若要取消，該如何是好？）

自答： （申し込みをした後でキャンセルする場合は、）必ず連絡をしてください。（〈申請後若要取消〉請務必與我們聯繫。）

self-questioning

短句變短文

這樣就可以串連句子，變成段落。不再只會です、ます結尾了。

❶ 会議室A、B、Cは、どれも、予約が入っていなければ（←條件「沒有…的話」，加入「なければ」）、その日に申し込めます。予約は１か月前からできます。インターネットでも（←列舉「之類的…」，加入「でも」，後面亦同）、電話でもできます。
同じ日に同じ部屋にいくつも予約が入った時は（←假定條件「…的話」，加入「時は」）、一番早く申し込んだ人に決まります。申し込み代表者は一人決めて（←「決める」改成「決めて」）、後で変えたりしないでください。

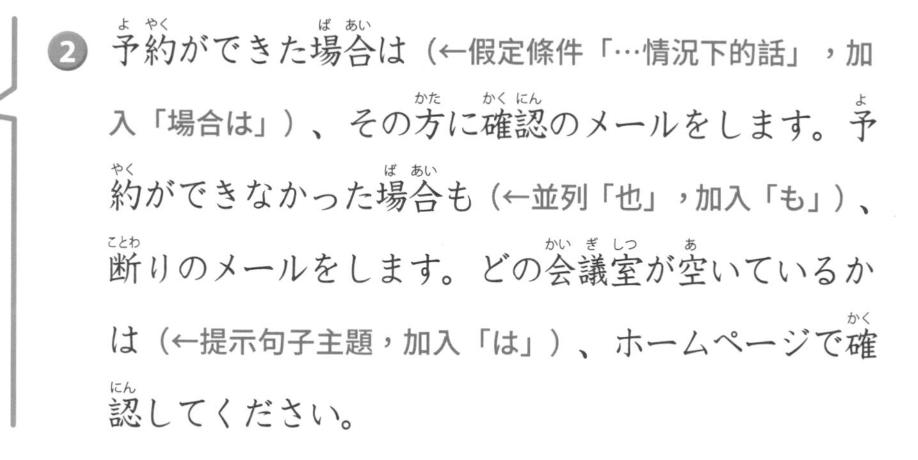

❷ 予約ができた場合は（←假定條件「…情況下的話」，加入「場合は」）、その方に確認のメールをします。予約ができなかった場合も（←並列「也」，加入「も」）、断りのメールをします。どの会議室が空いているかは（←提示句子主題，加入「は」）、ホームページで確認してください。

❸ なお、申し込みをした後でキャンセルする場合は（←假定條件「…情況下的話」，加入「場合は」）、必ず連絡をしてください。

短文變長文
一口氣溜一分鐘日語

track 81

会議室A、B、Cは、どれも、予約が入っていなければ、その日に申し込めます。予約は1か月前からできます。インターネットでも、電話でもできます。同じ日に同じ部屋にいくつも予約が入った時は、一番早く申し込んだ人に決まります。申し込み代表者は一人決めて、後で変えたりしないでください。予約ができた場合は、その方に確認のメールをします。予約ができなかった場合も、断りのメールをします。どの会議室が空いているかは、ホームページで確認してください。なお、申し込みをした後でキャンセルする場合は、必ず連絡をしてください。

中文翻譯

會議室A、B、C，只要無人預約，任何一間都能在當天申請使用。最早於一個月前即可預約，透過網路或電話皆可申請。如有多人欲預約同一天的同一間會議室，以最早提出申請者優先使用。請推派一名代表申請，提出後切勿更換。預約成功時，會給該名代表寄送確認郵件；未預約成功時，亦會寄送告知郵件。至於哪一間會議室可供使用，請於網頁確認。此外，申請後若要取消，請務必與我們聯繫。

Lesson 10 せいじ、けいざい、ほうりつ 政治、經濟、法律

看看下圖，談一談你的經驗

政治、經濟、法律這些看似困難的議題，實則與我們的生活息息相關，本課就讓我們由淺入深地慢慢了解！

情境 1

契約を結ぶ。
簽合約。

情境 2

税金を納める。
繳納稅金。

情境 3

国籍を変更する。
變更國籍。

情境 4

警察に捕まった。
被警察抓到了。

01 成為破冰達人

開啟話題的詞組地圖

從生活中找題材，就有聊不完的話題。關於地點還可以向四面八方延伸，動動腦開啟你的聯想力！

政治

a. 皇族から民間人になる。（從皇族成為民間老百姓。）

b. 民主主義を壊す。（破壞民主主義。）

c. 議長を選挙する。（出馬競選議長。）

經濟

d. ブランドのバッグが揃う。（名牌包包應有盡有。）

e. レシートをもらう。（拿收據。）

f. 貸し賃が高い。（租金昂貴。）

g. 今度の商品はヒットした。（這回的產品熱賣銷量好。）

法律

h. 偽の１万円札が見つかった。（找到一萬圓偽鈔。）

i. 交通ルールを守る。（遵守交通規則。）

j. 「ながらスマホ」は禁止だ。（「走路時滑手機」是禁止的。）

02 文法六宮格

把生活放進句型裡，就有無限的話題。

幫你統整白天到晚上、一年四季都用得到的句子。請將六宮格裡的單字，填入 ☐ 中。

名詞 は／が **[名詞・形容詞・形容動詞・動詞] 普通形** なんて思わなかった

➡ …之類的…

經濟是我們每一天生活都必須面對的問題之一，人物們各自面臨著不同的困難和問題，用句型「なんて思わなかった」來一探究竟！

1 家庭主婦

夫（おっと）が／失業（しつぎょう）する
丈夫／失業

私（わたし）が／子（こ）どもを産（う）みたくなる
我／有了想生孩子的念頭

2 返鄉青年

弟（おとうと）が／会社（かいしゃ）を経営（けいえい）する
弟弟／開公司

農家（のうか）さんが／こんなに大変（たいへん）だ
務農／如此辛苦

3 都會青年

部屋代（へやだい）が／上（あ）がる
房租／上漲

自分（じぶん）が／歌手（かしゅ）になる
自己／成為歌手

經濟

4 職場菁英

商品（しょうひん）が／大（だい）ヒットする
商品／熱賣

英語力（えいごりょく）が／お金（かね）になる
英文能力／能賺錢

5 社會新鮮人

宝（たから）くじが／当（あ）たる
彩券／中獎

一人暮（ひとりぐ）らしは／こんなにお金（かね）かかる
一個人過生活／花費這麼多

其他文法

將 ⇗ 標記的字填入底線中，練習說！

- [名詞・形容詞・形容動詞・動詞] 普通形＋なんて言ってない

又沒有說…什麼的

⇗ 奢（おご）る　要請客
⇗ 簡単（かんたん）　簡單
⇗ 贅沢（ぜいたく）　要多奢侈

- {名詞（＋格助詞）；動詞て形；形容詞く形} ＋などない

怎麼會有…、才（不）…

⇗ 正解（せいかい）　正確答案
⇗ 不可能（ふかのう）なこと　不可能的事
⇗ 証明（しょうめい）する必要（ひつよう）　證明的必要

03

生活長對話

影子跟讀

像影子一樣的跟讀是讓口說突飛猛進的最佳良藥之一。先仔細聆聽會話，再模仿會話人物的聲調、語氣。

上司：さあ、来週からいよいよ調査ですね。みなさん、インタビューに行くところについて、ちゃんと調べてありますか。鈴木君のグループ、どうですか。

部下：はい、部品を作る工場で、20人の方にお話を伺います。

上司：そうですか。で、責任者のお名前は。

部下：ええっと、それはまだ…。

上司：あら、それじゃ、わからないことをお聞きする時に困りますよ。

部下：そうですね。では、すぐ電話をしてみます。

上司：あ、待って。あちらは忙しい時間じゃない？電話する時は時間を考えてね。電話番号はわかりますか。

部下：はい。前に頂いた名刺で、確認します。

對話中譯

女主管：好，下星期就要開始進入正式調查了。各位對於負責訊問的地方，都做過研究了嗎？鈴木，你那組的進度如何？

男部下：是，預計將在零件製造工廠訊問20人左右。

女主管：是嗎？那，負責人的大名呢？

男部下：呃……目前還不知道……。

女主管：什麼？那在釐清疑點的時候，該去問誰呢？

男部下：您說得是。那麼，我立刻打電話問。

女主管：哎，等一下。這個時間對方正忙吧？打電話前得考慮對方這時候方不方便。有電話號碼嗎？

男部下：有。之前收到的名片上面有號碼。

04 生活短對話

聽聽短對話，還有哪些話題和說法呢？

先仔細聆聽會話，再模仿會話人物的聲調、語氣，像影子一樣跟著老師學習道地日語。

1

男性社員：最近のビールの売り上げはひどい減り方をしているが、今年は特にぐんと減っているな。

女性社員：特にコロナ感染拡大後の減り方が激しいですね。

男性社員：そこからは、まあ、これはすごいアイディアだと思うけど、増えてるのは泡がたつ生ジョッキ缶だけだな。

2

男の人：このシャンプー、あなたが万引きをしたものだろう！

女の人：違います。帰ってください！警察呼びますよ。

男の人：いや、私警察ですって！ほら見て、警察手帳。

對話中譯

1. 男職員：近來啤酒的銷售額嚴重衰退，尤其今年又大幅減少。
   女職員：特別是在爆發新冠肺炎疫情之後更是銳減。
   男職員：在那之後，銷售額上升的只有會自動起泡的極泡罐了。稱得上是劃時代的創意。

2. 男士：這瓶洗髮精，就是妳偷的吧！
   女士：不是。快點離開！不然我要叫警察了。
   男士：不必麻煩，我就是警察！給妳看，這是我的證件。

PRACTICE

05

自學就會的對話練習

把詞組套入對話中，馬上就會說！

同一個對話還有很多種變化，可以自己練習，或找朋友聊一聊，重點是一定要開口說。

1
里美：大変、大変。中山さんがカンニングをして①、捕まっちゃったんですって。
不得了！聽說中山同學作弊被抓到了。

2
清太：えっ？
咦？

3
里美：さっき、先生②に連れて行かれたそうよ。
說是剛剛被老師帶走了。

4
清太：え、そうなの。
咦？真的嗎？

5
里美：捕まったときの中山さん、「僕は隣の人は見て③ませんよ、ちょっとメモを見た④だけなんです。」だって。
據說中山同學被抓到時說，「我沒有看旁邊的人，我只稍微看了一下筆記而已」。

6
清太：えっ、どっちも反則⑤だろうが。
什麼？這都是犯規的呀！

練習說

將單字依序填入上面對話的□中！

1

① 浮気をして（外遇）
② 奥さん（太太）
③ キスなんかして（搞親吻勾當）
④ 手をつないだ（牽了手）
⑤ 浮気（外遇）

2

① 泥棒をして（偷竊）
② 警察（警察）
③ 万引きなんてして（搞偷竊勾當）
④ 下着を取った（拿走內衣）
⑤ 犯罪（犯罪）

06

句子串聯

串聯出流暢語句

看出句子的關係，把適當的詞語填入空格中！

a.に基(もと)づき	b.だとすれば	c.反面(はんめん)	d.くせに	e.反(はん)して

- こちらはお客様(きゃくさま)の声(こえ)（　　）開発(かいはつ)した新商品(しんしょうひん)です。
- この国(くに)は、経済(けいざい)が遅(おく)れている（　　）、自然(しぜん)が豊(ゆた)かだ。
- お金(かね)もそんなにない（　　）、買(か)い物(もの)ばかりしている。
- 別(わか)れた妻(つま)が、約束(やくそく)に（　　）、子(こ)どもと会(あ)わせてくれない。
- 彼(かれ)が犯人(はんにん)（　　）、動機(どうき)は何(なん)だろう。

提出問題

提出疑問，主動拉近距離

在對話時，「提問」是非常重要的能力。看看下方的回答，練習回推問句吧！

問 ………………………………（良(い)い　アルバイト　知(し)る）

答 さあ、この辺(へん)じゃあ、アルバイト代安(だいやす)いよ。

問 ………………………………（国民保険(こくみんほけん)　申請(しんせい)）

答 区役所(くやくしょ)で手続(てつづ)きをしてください。

問 ………………………………（犯人(はんにん)　匿(かくま)う）

答 脅迫(きょうはく)されたんです。

句子串聯

a. c. d. e. b.

提出問題

良(い)いアルバイトを知(し)っていますか。

国民保険(こくみんほけん)はどこで申請(しんせい)しますか。

どうして犯人(はんにん)を匿(かくま)うのですか。

PRACTICE

07

即時應答

從應用到日檢

什麼情況下該說什麼話？日檢考題中不僅涵蓋了非常生活化的問題，應答之中也蘊含了日本曖昧的說話文化。現在就一起來了解！

1 男の人：この仕事、まさか失敗するなんて思わなかったよ。

女の人：1　そうか。残念だったね。

2　そうか。うれしいね。

3　そうか。よかったね。

2 男の人：本当にわからないの？

女の人：1　うん、本当にわかったんだよ。

2　いや、本当にわかるんだよ。

3　うん、本当にわからないんだよ。

3 男の人：ちょっと伺いたいことがあるんですが。

女の人：1　はい、いつでもいらっしゃってください。

2　はい、どんなことでしょうか。

3　いいえ、質問はありません。

4 男の人：この説明書をいただいてもいいでしょうか。

女の人：1　はい、いただいてください。

2　はい、どうぞお持ちください。

3　はい、くださいます。

1 男士：這項工作竟然失敗了，完全出乎意料之外。
女士：①是嗎？真是太可惜了。
2 是嗎？真是令人高興。
3 是嗎？真是太好了！

2 男士：你真的不懂嗎？
女士：1 嗯，我真的本來就懂啊。
2 不，我是真的懂啊。
③嗯，我真的不懂啦。

3 男士：有件事想請教一下。
女士：1 好的，歡迎隨時來訪。
②好的，您要問什麼呢？
3 沒有，我沒有要問的。

4 男士：可以給我這份說明書嗎？
女士：1 好的，請給您收下。
②好的，這份送您。
3 好的，請給我。

08 自問自答練習

用自問自答方式，把自己當自己當說話對象，養成隨時用日語思考、對話的習慣，然後串連句子成段，一口氣溜一分鐘日語。

你的語順對了嗎？看圖練習

首先看看下面的插圖，請先挑戰旁邊的句子，把它組成通順的句子。

主題：「不況の間も売り上げを伸ばせる店」（經濟蕭條中仍能提升利潤的商家）

❶

1. 今、景気が悪いので、生活に必要な物以外の買い物をする人が減って、物の＿＿ ＿＿ ＿＿ ＿＿います。
   ①値段　②下がって　③が　④どんどん

❷

1. そのうえ、消費者は安いだけでなく、少しでも＿＿ ＿＿ ＿＿ ＿＿が強いのです。
   ①いい　②傾向　③ものを　④求める
2. 特に、洋服は、値段を＿＿ ＿＿ ＿＿ ＿＿。
   ①だけ　②下げた　③売れません　④では
3. 安くても、流行を＿＿ ＿＿ ＿＿ ＿＿お客は集まります。
   ①取り入れた　②店に　③揃えている　④服を

❸

1. たくさんの＿＿ ＿＿ ＿＿ ＿＿、流行を意識して、品物を揃えている店です。
   ①来る　②は　③お客が　④店
2. こういう店は、景気が＿＿ ＿＿ ＿＿ ＿＿伸ばしているのです。
   ①を　②も　③売り上げ　④悪い時

正確順序　1342 ➡ 1342 ➡ 2143 ➡ 1432 ➡ 3142 ➡ 4231

self-questioning

自己當自己的說話對象 track C 89

針對每個句子提出問題，培養問問題的能力，不用出國也能隨時練習。

Section 1

1.

自問：今、景気が悪いですが、どのような状況ですか。（近期由於景氣不佳，狀況如何呢？）

自答：（今、景気が悪いので、）生活に必要な物以外の買い物をする人が減って、物の値段がどんどん下がっています。（〈近期由於景氣不佳〉購買非生活必需品的民眾減少，商品價格也逐步下滑。）

日文括號（　）部分可以省略。

Section 2

1.

自問：消費者は安ければものを買いますか。（消費者購買價格低廉的商品嗎？）

自答：いいえ、消費者は安いだけでなく、少しでもいいものを求める傾向が強いです。（並非如此，一般消費者不只希望價格低廉，更進一步要求商品品質的提升。）

2.

自問：洋服は、値段を下げれば売れますか。（服飾類商品，降價就可以挽救買氣嗎？）

自答：いいえ、特に、洋服は、値段を下げただけでは売れません。（不，尤其是服飾類商品，光是降價也不足以挽救買氣。）

3.

自問：お客はどんな店に集まりますか。（什麼樣的服飾店才能吸引顧客？）

自答：お客は安くても、流行を取り入れた服を揃えている店に集まります。（唯有價格實惠又兼具流行元素的服飾店才能吸引顧客。）

Section 3

1.

自問：たくさんのお客が来る店は、どんな店ですか。（生意興隆的服飾店，是什麼樣的店？）

自答：（たくさんのお客が来る店は、）流行を意識して、品物を揃えている店です。（〈生意興隆的服飾店〉其陳列的各款商品無不緊跟流行趨勢。）

2.

自問：流行を意識して、品物を揃えている店は、景気が悪い時の売り上げはどうですか。（緊跟流行趨勢，陳列的各款商品的店家，有辦法在景氣低迷之際仍能增加銷售業績嗎？）

自答：（そういう店は、景気が悪い時も）売り上げを伸ばしています。（〈只有這樣的店家，才有辦法在景氣低迷之際〉仍能增加銷售業績。）

self-questioning

短句變短文

這樣就可以串連句子，變成段落。不再只會です、ます結尾了。

❶ 今、景気が悪いので（←原因「因為」，加入「ので」）、生活に必要な物以外の買い物をする人が減って（←原因「因為」，「減ります」改成「減って」）、物の値段がどんどん下がっています。

❷ そのうえ、消費者は安いだけでなく（←並列「不但…而且」，加入「だけでなく」）、少しでもいいものを求める傾向が強いのです。特に、洋服は、値段を下げただけでは売れません。安くても（←假定逆接「即使…也」，加入「ても」）、流行を取り入れた服を揃えている店にお客は集まります。

❸ たくさんのお客が来る店は（←提示句子主題，加入「は」）、流行を意識して（←「している」改成「して」）、品物を揃えている店です。こういう店は（←提示句子主題，加入「は」）、景気が悪い時も売り上げを伸ばしているのです。

短文變長文
一口氣溜一分鐘日語

今、景気が悪いので、生活に必要な物以外の買い物をする人が減って、物の値段がどんどん下がっています。そのうえ、消費者は安いだけでなく、少しでもいいものを求める傾向が強いのです。特に、洋服は、値段を下げただけでは売れません。安くても、流行を取り入れた服を揃えている店にお客は集まります。たくさんのお客が来る店は、流行を意識して、品物を揃えている店です。こういう店は、景気が悪い時も売り上げを伸ばしているのです。

中文翻譯

近期由於景氣不佳，購買非生活必需品的民眾減少，商品價格也逐步下滑。不僅如此，一般消費者不只希望價格低廉，更進一步要求商品品質的提升。尤其是服飾類商品，光是降價也不足以挽救買氣。唯有價格實惠又兼具流行元素的服飾店才能吸引顧客。生意興隆的服飾店，其陳列的各款商品無不緊跟流行趨勢。只有這樣的店家，才有辦法在景氣低迷之際仍能增加銷售業績。

日本語從2266到連溜1分鐘：自問自答法＋4個口語技巧演練大公開 3

自學會話 03 （16K＋QR Code線上音檔＋MP3）

■ 發行人／ 林德勝

■ 著者／ 吉松由美、田中陽子、西村惠子、林勝田、山田社日檢題庫小組

■ 日文編輯／ 李易真

■ 出版發行／ 山田社文化事業有限公司
地址 臺北市大安區安和路一段112巷17號7樓
電話 02-2755-7622 02-2755-7628
傳真 02-2700-1887

■ 郵政劃撥／ 19867160號 大原文化事業有限公司

■ 總經銷／ 聯合發行股份有限公司
地址 新北市新店區寶橋路235巷6弄6號2樓
電話 02-2917-8022
傳真 02-2915-6275

■ 印刷／ 上鎰數位科技印刷有限公司
■ 法律顧問／ 林長振法律事務所 林長振律師
■ 書＋QR Code線上音檔＋MP3／ 定價 新台幣276元
■ 初版／ 2022年 12 月

© ISBN：978-986-246-726-8

線上下載朗讀音檔